江戸を照らせ

蔦屋重三郎の挑戦

小前亮

小峰書店

もくじ

装画／中島花野
装幀／城所潤(JUN KIDOKORO DESIGN)

序

刷りあがった絵を見たとき、重三郎《じゅうざぶろう》の口からは言葉が出てこなかった。全身を感動がつらぬいて、身動きすらできない。ただ、まばたきをくりかえしていた。

隣《となり》に立つ絵師《えし》も同様だった。

まわりにいる職人《しょくにん》たちも含《ふく》め、一同が一枚《まい》の絵を見つめて、無言のときが流れる。

きらきらと光る白い紙に、女性《じょせい》の姿《すがた》が描かれていた。繊細《せんさい》な筆づかいで描かれた女性は、たとえようもなく優美《ゆうび》で、見る者をとりこにする。目が離《はな》せなくなる。笑うでも泣くでもなく、ふと気を抜《ぬ》いたような表情《ひょうじょう》と、何気ない仕草が、絵の中の女性に生き生きとした魅力《みりょく》を与《あた》えている。絵に恋《こい》する人がいても、不思議はないだろうと思われた。

最初に我《われ》に返ったのは、絵師であった。

「いい絵だな。さすがおれだ」

重三郎は夢見心地《ゆめみごこち》でうなずいた。

すばらしい絵を見た感動は、別の思いに変わっていた。

この絵を全力で売る。江戸中《えどじゅう》に届《とど》ける。それが重三郎の仕事だ。客のおどろく顔、絵師を褒《ほ》めたたえる声が、すでに頭に浮《う》かんでいる。期待がどんどんふくらんでいく。売り出した本や絵を楽しんでもらうのは、本屋にとって最高の喜《よろこ》びである。

どれだけ多くの客が感動してくれるだろう。そう思うと胸が高鳴る。

江戸へ、全国へ、そして未来へ。

絵師の名と作品は、どこまでも広がっていくだろう。

「……歌麿《うたまろ》さん、やったな」

重三郎はあふれる思いを短く伝えた。

絵師が自信ありげに笑う。

「おまえさんのおかげじゃないぞ。おれの力だ」

言葉と裏腹《うらはら》に、絵師は軽く頭を下げた。お礼のつもりらしかった。

「そう、歌麿さんの力だ」

重三郎はその力を引き出し、人々に届ける手伝いをするだけだ。それがたまらなく楽しい。

婦女人相十品

正月、新しい本や絵が発売されると、重三郎の店には人だかりができる。江戸には本や絵を愛する人が大勢《おおぜい》いるのだ。作家や絵師など、かけがえのない仲間たちと協力して、彼《かれ》らにすばらしい作品を提供する。笑える物語や美しい絵で、江戸を明るく照らす。そういう仕事を、重三郎は誇《ほこ》りに思っていた。

一章 吉原の本屋

1

時は宝暦《ほうれき》九年（西暦《せいれき》一七五九年）、江戸幕府《えどばくふ》九代将軍徳川家重《しょうぐんとくがわいえしげ》の時代です。江戸のはずれ、吉原《よしわら》の茶屋でひとりの子どもが店の手伝いをしていました。

名を重三郎《じゅうざぶろう》と言い、年齢《ねんれい》は数えで十歳《さい》になります。数え、あるいは数え年というのは、昔の年齢の表し方です。生まれたときが一歳で、年が明けると、誕生日《たんじょうび》は関係なく、みんなひとつ年をとります。したがって、十二月生まれの場合は、生まれて一カ月もたたないうちに二歳になります。

重三郎は目もとの涼《すず》やかな、かわいらしい少年でした。そのうえ、よく気が利き、ちょこまかと動きまわって熱心に働くので、店の者にもお客にも気に入られていました。

重三郎には、あこがれの人がいます。たまに茶屋に呼《よ》ばれてくる遊女で、梅乃《うめの》と言います。最高の位ではありませんが、吉原では人気の遊女のひとりです。年は二十歳《はたち》にならないくらいでしょうか。鼻筋《はなすじ》が通っていて、いつも目を伏《ふ》せ気味にしているはかなげな美人です。すれちがうといつも、重三郎をちらりと見やります。その瞳《ひとみ》はたとえようもなく魅力的《みりょくてき》で、重三郎はどきどきします。

美しく結いあげた梅乃の髪《かみ》には、金や銀のかんざしが何本もさされていて、きらきらと輝《かがや》いています。赤地に黄色や青で花が刺繍《ししゅう》された着物は、目をみはるほどの豪華《ごうか》さです。

梅乃が廊下《ろうか》を通ると、重三郎はじゃまにならないよう、端《はし》によけます。あるとき、梅乃が重三郎の前にすっと寄ってきました。衣《きぬ》ずれの音がかすかにしました。梅乃は少しかがんで、重三郎と目を合わせます。

「あなたはいくつ？」

重三郎はどぎまぎしました。

「……十になりました」

やっとのことで答えると、梅乃は悲しそうな目を天井に向けました。

「そう、私の末の弟と同じ年ね」

梅乃はしばらく重三郎の顔を見ていましたが、ふいに我《われ》に返って歩き出します。おしろいのにおいとはまた違《ちが》う、いい香りがしました。残り香につつまれて、重三郎はしばらく動けませんでした。

梅乃の世話をしている娘《むすめ》によると、梅乃は三人の弟がいる貧《まず》しい農家の出身で、弟たちを助けるために吉原に売られたのだそうです。それで、重三郎に目がいくのかもしれません。

重三郎も貧しい家に生まれました。七歳のとき、両親が離婚《りこん》したので、蔦屋《つたや》という店の主《あるじ》に養子として引きとられました。実の母は重い病にかかって、重三郎を育てられなくなったのだそうです。重三郎は母のやさしい笑顔と、髪の甘《あま》いにおいをよくおぼえています。

「おまえはかしこい子だから、きっと成功するよ。いつか、自分の店を持てるといいね」

幼《おさな》い重三郎に、母はよくそう言っていました。

重三郎を養子に出したとき、病気の母は涙《なみだ》ながらに告《つ》げました。

「ごめんね、ごめんね」

母は自分で立ちあがることもできず、戸板に乗せられて運ばれていきます。

重三郎は母を追いかけました。

「絶対《ぜったい》に迎《むか》えに行くから！」

重三郎は声をかぎりに叫《さけ》びます。

「金持ちになって、店を持ったら迎えに行くから。病を治して待ってるんだぞ」

母は力なく微笑《ほほえ》んでいました。

母の姿《すがた》が見えなくなると、重三郎はゆっくりと振《ふ》り返りました。灯火で光り輝く吉原が、まるでお城のように、ぼうっと浮《う》かんでいます。そこが、重三郎の生きる場所なのでした。

それから三年、重三郎は母との約束を果たすため、一生懸命《いっしょうけんめい》働いています。

ある日、座敷《ざしき》に酒を運んだ重三郎は、お客が開いていた書物に目を落としました。文字と絵の入った薄《うす》い本です。

「お待ちどおさま」

酒を置くと、客が顔をあげました。中年の商人です。店のお得意《とくい》様で、重三郎も何度も顔を合わせています。お客は重三郎の視線《しせん》に気づいて、本を軽くかかげてみせました。

「青本だ。歌舞伎《かぶき》の話が書いてある」

本の大きさは現代《げんだい》の四六判《ばん》で、たてが約十九センチ、横が約十三センチです。青本は草双紙《くさぞうし》という、さし絵が入った物語本の一種で、表紙の色からそう呼ばれますが、実際《じっさい》はほぼ黄色に見えます。

「ぼうず、字は読めるか？」

問われた重三郎は、胸《むね》を張《は》りました。

「読めます！」

元気よく答えて、そっとつけくわえます。

「ひらがななら」

「たいしたもんだ」

お客は笑いながら言いました。青本の文章はほとんどが平仮名《ひらがな》なので、重三郎にも読めます。ですが、ぱっと見ただけで意味をとるのはまだ無理でした。目を引いたのは、刀をかまえる武《ぶ》士《し》を描いたさし絵です。

「かっこいい絵ですね」

「そうか、かっこいいか」

お客が喜《よろこ》んでいるので、重三郎は得意になりました。「とにかくお客を褒《ほ》めろ」と、店の主人である養父《ちち》には指導《しどう》されています。それが実行できました。ただ、絵がかっこいいと言ったのは、重三郎の本心です。

お客は湯豆腐《ゆどうふ》をはふはふと口に運びつつ、酒を味わっています。

重三郎は質問《しつもん》してみました。

「一冊《さつ》ずつ描いているのですか」

「え？」

お客は目を見開きました。

「とんでもない。そんなことをしていたら、一冊いくらになるかわからない。版木《はんぎ》という木に彫《ほ》って、墨《すみ》をつけて刷るんだ。そうすれば、何百でも何千でも、同じ本ができる。この本は黒だけだが、赤や黄の色をつけて刷るものもあるぞ」

「へええ。彫って刷るのですか……」

重三郎は感心しましたが、実のところ、うまく想像《そうぞう》できませんでした。このように細かい絵やたくさんの文字を彫るのはとても大変そうです。

お客は酒をぐびりと飲みました。さかずきが空いたので、重三郎は酒を注ぎます。

「そうそう、絵が好きなら、おまえにも聞いてみよう」

お客はわきにおいていた風呂敷《ふろしき》包みを開きました。あらわれたのは本の束です。お客は二冊の本を開いて、重三郎に見せました。二冊とも青本で、似《に》たような侍《さむらい》の絵が描かれています。

「どっちの絵が好きかな？」

重三郎は目を輝かせて、絵をのぞきこみました。意見を聞かれたことがうれしくてたまりません。

すぐに心は決まりました。重三郎は一冊を指さします。

「こっち」

お客は、ふむ、とうなずきました。少し間をおいて、豆腐を口に運び、酒を飲んで、ふうと息をつきます。そして、重三郎に目をうつします。

「どこが気に入った？」

重三郎は言葉をさがして、必死に頭を働かせます。

「えっと、お侍さんが今にも動きだしそうだから」

悪人を斬《き》ろうとしている侍は、気合いの声が聞こえてきそうなほどに迫力《はくりょく》があります。恐怖《きょうふ》にふるえる悪人の表情《ひょうじょう》も見事です。

「ほう、吉原のこぞうにしては、なかなか見る目があるな」

嫌味《いやみ》な言い方でしたが、吉原で働く人を見下す客はいるので、重三郎は気にしません。むしろ、褒められて喜びました。

「おれも絵を描いてみようかな」

「そいつはいい。上手に描けたら、見せてもらおう。私は鱗形屋孫兵衛《うろこがたやまごべえ》。こういう本をつくっている」

「すごい！」

興奮《こうふん》する重三郎を見て、孫兵衛はあきれたように笑いました。

孫兵衛は重三郎をからかっただけのようですが、このやりとりをきっかけにして、重三郎は絵を描きはじめました。

紙は貴重品《きちょうひん》ですから、もっぱら土に描きます。とがった石が筆の代わりになります。重三郎は一心不乱《いっしんふらん》に手を動かすのですが、できあがった絵の出来は、おせじにもいいとは言えません。すずめを描けば牛に見えるし、花を描けば稲《いね》に見えます。重三郎には、絵の才能《さいのう》はまったくないようでした。

「練習するしかないなあ」

雨上がりのやわらかくなった道で絵を描いていると、店の主人である養父が声をかけてきました。

「重三郎は絵が好きなのか」

「はい！」

元気よく返事をする重三郎と、その足もとの絵を見くらべて、養父は首をひねります。何の絵かわからない様子です。

「古い紙を貸《か》してあげるから、隙間《すきま》に描いてみるといい」

「ありがとうございます！」

重三郎は跳《と》びあがって喜びました。

江戸時代はリサイクルが盛《さか》んで、紙はくりかえし使います。いらない手紙や古い帳簿《ちょうぼ》など、使い終えた紙は「紙くず買い」と呼ばれる業者に売られ、古紙問屋や紙すき職人《しょくにん》の手を経《へ》て、再生紙《さいせいし》として生まれ変わるのです。

その紙くず買いに売られる前の紙に、絵を描いてもいいというのでした。紙に筆で描けば、うまく描けるにちがいありません。

さっそく試してみると、人が人であるとわかるくらいの絵が描けました。十歳上の義兄《あに》、次郎兵衛《じろべえ》が褒めてくれました。

「うまいじゃないか。私を描いてくれたのかい？　それとも父さんか？」

重三郎はくちびるをへの字に曲げました。

「女の人なんだけどなあ」

「あ、ごめん。私には見る目がないから、許《ゆる》しておくれ」

気のいい次郎兵衛が頭を下げます。重三郎は自分の絵をながめて、もっと練習しなければ、と思いました。

ひと月後、本屋の鱗形屋孫兵衛が店にやってきました。酒を運んできた重三郎を見て、笑いを含《ふく》みながら言います。

「絵を描いているんだって？　見せてごらん」

「いえ、まだ見せるほどのものでもなくて……」

「いいからいいから」

重三郎はためらいつつも、懐《ふところ》から紙切れを出しました。

孫兵衛はひと目見て、こらえきれないといった様子で笑い出しました。重三郎のほおが真っ赤に染《そ》まります。身体《からだ》が熱くなってきました。

「こりゃあ、やめたほうがいいな」

笑いをおさめて、孫兵衛が言います。

「絵はくりかえし描けば上達するが、才能がなければ、絵師《えし》にはなれないぞ」

「別に絵師になりたいわけではありません」

むきになって言ったあと、重三郎はふと思いついてたずねました。

「才能があるかどうか、どこでわかるのですか」

「見ればわかるさ。才能を見つけるのが本屋の仕事だから」

答えになっていませんが、おもしろそうだな、と重三郎は思いました。本屋という仕事に興《きょう》味《み》を持ったのは、このときでした。

2

才能《さいのう》がないと言われてしまった重三郎《じゅうざぶろう》ですが、その後も描くのはやめませんでした。重三郎は意地《いじ》っ張《ば》りなのです。下手な絵を描いたところで、人に迷惑《めいわく》をかけるわけでもないので、やめる必要もありません。古い紙を貸《か》してもらって、犬か馬かわからないものを描いたり、本人には絶対《ぜったい》に見せられない似顔絵《にがおえ》を描いたりして楽しんでいます。

一方で、本に対する興味《きょうみ》は高まるばかりです。寺子屋での読み書きの勉強でも、書くのは苦手なのですが、読むのは好きで、リズムのよい文章に出会うと、口のなかでお経《きょう》のように唱えていました。

この時代、本は高価《こうか》ですから、多くの場合、庶民《しょみん》は貸本屋《かしほんや》で借りて読みます。貸本の値段《ねだん》は、そば一杯《ぱい》より少し高いくらいでした。古い本だと、より安くなります。

養父《ちち》が正月などに、重三郎のために本を借りてくれました。はじめは、『桃太郎《ももたろう》』や『花咲《はなさ》かじいさん』など、子ども向けのおとぎ話を読んでいた重三郎ですが、やがて芝居《しばい》のあらすじなどを物語る本を読むようになりました。

あるとき、重三郎は本を返しながら養父に言いました。

「おれ、おとなになったら、金をためて本屋を開きたいんだ。そうしたら、いつでも本が読めるでしょ」

重三郎は軽い気持ちだったのですが、養父は重々《おもおも》しくうなずきました。

「うむ。おまえはよく働くし、気が利くから商売に向いている。好きなことならいっそう真剣《しんけん》に取り組むだろう。考えておこう」

重三郎はおどろきました。自分は養子ですが、跡取《あとと》りとしてもらわれたわけではなく、好意で育ててもらっている身です。この茶屋で働くものだと考えていました。自分で商売をやるのは母との約束ですが、ずっと先の、目標のつもりでした。

ですが、養父は真剣です。

「次郎兵衛《じろべえ》が頼《たよ》りないから、本当はおまえにこの店を切り盛《も》りしてほしいが、押《お》しつけるわけにもいかないからな」

「次郎兵衛さんは頼りなくないです」

重三郎は思わず言いました。

年の離《はな》れた義兄《あに》の次郎兵衛は、今は別の店を任《まか》されていますが、いずれはこの店を継《つ》ぐ立場です。おだやかな性格《せいかく》で、だれにでもやさしいと評判《ひょうばん》でした。ただ、養父に言わせると、次郎兵衛はのんびりしすぎていて商売には向いていない、のだそうです。

「次郎兵衛さんを気に入って常連《じょうれん》になるお客さんもいるんですから」

「まあ、それはよい」

養父は苦笑を浮《う》かべました。

「おまえが好きな道に進めるよう、協力するから」

「ありがとうございます」

重三郎は養父の気持ちがうれしくて、深く頭を下げました。簡単《かんたん》に実現《じつげん》できるとは思っていませんでしたが、重三郎が店を開く日は、意外に早くやってくるのです。


さて、ここで吉原《よしわら》について解説《かいせつ》しておきましょう。

吉原は江戸《えど》の東の外れ、浅草の近くにある幕府公認《ばくふこうにん》の遊郭《ゆうかく》、つまり女性《じょせい》が男性《だんせい》をもてなす店が集まったところです。そこで働く女性は遊女と呼《よ》ばれますが、彼女《かのじょ》たちの多くは貧《まず》しい農村から売られてきました。したがって、吉原は遊女が逃《に》げ出さないように、高い壁《かべ》と堀《ほり》に囲《かこ》まれており、田んぼに浮かんだ島のようでした。

遊女は修業《しゅぎょう》を終えておおむね十年働いたら、自由の身になれます。結婚《けっこん》する者もいれば、そのまま吉原で裏方《うらかた》として働く者もいます。しかし、それらは少数で、多くの遊女が病にかかり、若《わか》くして亡《な》くなっていました。

しかし一方で、吉原の遊女は、この時代の人たちにとって、あこがれの存在《そんざい》でもありました。お金持ちの商人から、地位の高い武士《ぶし》や大名までもてなす遊女は、美しさだけでなく、高い教養と芸の腕前《うでまえ》をもっています。人気のある遊女の着物や髪形《かみがた》、化粧《けしょう》は、庶民の女性にまねされて流行となりました。吉原の遊女は、現代《げんだい》のタレントやインフルエンサーの性格も持っていたのです。

江戸に商売に来る者や、参勤《さんきん》交代でやってくる地方の武士たちは、遊ぶ遊ばないにかかわらず、吉原を見たがりました。華《はな》やかな吉原は、一種の観光地でもあったからです。

吉原には遊女だけでなく、多くの男女が働いていました。栄えていたときには、住む人が一万人を超《こ》えていたとも言われます。

重三郎の養父や義兄は引き手茶屋をいとなんでいました。これは、高級な遊女のいる店と客を仲介《ちゅうかい》する店のことです。酒や料理も出します。お金持ちの客は、引き手茶屋に遊女を呼んで宴会《えんかい》をします。

吉原の存在は、現代の価値観《かちかん》では許《ゆる》されません。ただ、江戸時代には、多くの人がそこで懸《けん》命《めい》に生きていました。重三郎もそのひとりです。

重三郎が十五の年、あこがれていた梅乃《うめの》が身請《みう》けされていきました。身請けというのは、お金を払って遊女を引きとることです。遊女の格《かく》や年齢《ねんれい》に応《おう》じて、相当のお金がかかります。梅乃を身請けするのは、幕府のお偉方《えらがた》だそうです。

身請けのうわさが流れたころ、道の掃除《そうじ》をしていた重三郎は、通りがかった梅乃に話しかけられました。

「本が好きなの？」

一瞬《いっしゅん》、重三郎はみとれてしまいました。荒野《こうや》に咲く一輪の花のような、はかないながらも強さを感じさせる梅乃です。

「……あ、はい」

顔を赤くして答えたあとで、あわててつけくわえます。

「芝居の筋書《すじが》きとかを読んでいます。いずれは吉原で本屋を開くつもりです」

重三郎は意味もなくほうきを左右に揺《ゆ》らしています。

「そう、がんばってね」

梅乃が微笑《ほほえ》んだので、重三郎はおどろきました。梅乃はいつも悲しく、さびしそうな顔をしていたからです。

梅乃は重三郎がおどろいたのに気づいたようでした。

「あら、私だって、お客様の前ではいつも笑顔だったんだから」

「それは知ってます」

重三郎はうつむきました。でも、先ほどの微笑《びしょう》は屈託《くったく》がなくて、見たことがないほど美しかったのでした。身請けされるからでしょうか。

「幸せになってくださいね」

重三郎が言うと、梅乃はもう一度微笑みました。その微笑みを、重三郎は目に焼きつけたのでした。

重三郎は二十歳《はたち》を超えたあたりから、店を出す準備《じゅんび》をはじめました。お金をためるのはもちろん、本に関係する仕事をしているお客には、積極的に声をかけます。

「おれ、将来《しょうらい》は本屋をやりたいんです」

重三郎は働き者なので、たいていの人は応援《おうえん》してくれました。「できたら買うよ」「おれが絵を描いてやる」など、うれしい言葉をかけてくれます。お客が酒を飲んで気分のいいときに声をかけたからかもしれません。

鱗形屋孫兵衛《うろこがたやまごべえ》は、待ってましたとばかりに約束してくれました。

「いい考えだ。吉原でうちの本を売ってくれるなら、協力するよ」

重三郎が出会ってまもないころ、孫兵衛は普通《ふつう》の体形でしたが、このころはかなり太っています。階段《かいだん》をのぼるときなどはつらそうですが、いかにも裕福《ゆうふく》な商人という雰囲気《ふんいき》に見えます。

「吉原で商売をするのは難《むずか》しいから、おまえみたいに、吉原の人が手伝ってくれるとありがたいんだ」

吉原は独自《どくじ》のしきたりがある閉《と》じられた場所なので、よそ者は簡単には入りこめません。孫兵衛は重三郎をうまく使って、商売を広げようとしているのでしょう。

孫兵衛の内心はどうあれ、その申し出は重三郎にとってはありがたいものでした。

鱗形屋は「吉原細見《よしわらさいけん》」という本を出しています。これは吉原を案内する小冊子《しょうさっし》で、お店や遊女の紹介《しょうかい》が書かれた、言わばガイドブックです。吉原に慣《な》れていない客が買ったり、見物客が江戸土産にしたりします。年に二回、新しい版《はん》が出て、定期的に売れるので、この「吉原細見」をあつかえば、店の経営《けいえい》が安定すると思われます。

「ぜひお願いします。鱗形屋さんの『吉原細見』をたくさん売ってみせますよ」

「その意気だ。おまえは絵の才能はないけれど、商売の才能はある。私は多くの才能を見てきたからわかるんだ」

本当に才能があるのか、重三郎にはわかりません。でも、「才能を見つけるのが仕事」だという本屋の言葉ですから、信じてみようという気になりました。

ある日、重三郎は養父に連れられて、吉原の有力者、駿河屋市右衛門《するがやいちえもん》に会いました。店を出す相談のためです。市右衛門も引き手茶屋の主人で、養父の友人です。まだ五十歳《さい》にもなっていませんが、見事な白髪頭《しらがあたま》とぎょろ目の持ち主です。

鱗形屋と協力するかたちで店をやりたい。そう言うと、市右衛門は眉《まゆ》をひそめて口をすぼめました。あまり歓迎《かんげい》してはいないようです。

「吉原に本屋が必要だとは思っていますよ」

市右衛門は前置きしました。ていねいな語り口です。吉原を宣伝《せんでん》するため、本や引札《ひきふだ》（チラシ）などの刷り物をつくりたいので、本屋があるとありがたいと言います。

「でも、相手が鱗形屋というのはねえ」

市右衛門は声を低めました。

「あの人、けちだよな」

養父がうなずきます。

「たしかに、そういうところはある。上客とはいえない」

「信用できるか？」

養父が考えこんでしまったので、重三郎が口を開きます。

「鱗形屋さんの協力がないと、商売になりません。私は信用したいと思います」

市右衛門と養父が顔を見合わせました。信用しないと商売にならないから信用する、というのは、理屈《りくつ》になっていません。ただ、商売を早くはじめるには、鱗形屋と組むのが一番なので、重三郎としてはそうしたいのです。

少し間をおいてから、養父が告《つ》げました。

「重三郎はまだ若いから、失敗してもやり直しはきく。とりあえずやらせてみたいが、どうかな？」

「おまえさんがそう言うなら、私は応援するよ。ただ、引《ひ》き際《ぎわ》を見誤《みあやま》るなよ」

どうも失敗すると思われているようです。重三郎の負けん気に火がつきました。

「必ず成功させてみせます！」

元気よく宣言《せんげん》すると、市右衛門は白髪頭を揺らしてうなずきました。

「頼《たの》もしいですね。では、本屋として、この吉原を盛りあげてもらいましょう」

「任せてください」

重三郎は、第一歩を踏《ふ》み出す決意を固めたのです。

3

安永元年《あんえいがんねん》（西暦《せいれき》一七七二年）、重三郎《じゅうざぶろう》が二十三歳《さい》の年です。重三郎は「耕書堂《こうしょどう》」という本屋を開くことになりました。

場所は吉原《よしわら》の門につづく五十軒道《ごじっけんみち》という通りです。義兄《あに》の次郎兵衛《じろべえ》の店の一部を借りての営業《えいぎょう》です。申し遅《おく》れましたが、養父《ちち》や次郎兵衛の店は「蔦屋《つたや》」と言いました。これは屋号といって、商家や農家の名字のようなものです。重三郎も「蔦屋」で、ちぢめて「蔦重」などと呼《よ》ばれます。

江戸《えど》時代の本屋の多くは、版元《はんもと》、当時の書き方では板元といって、出版社《しゅっぱんしゃ》をかねています。基本的《きほんてき》には、自分たちでつくった本を売るのです。その他に、他の板元と交換《こうかん》した本も店に並《なら》べます。

しかし、だれでも自由に本をつくれるわけではありません。この時代には、株《かぶ》仲間という商人の集団《しゅうだん》があって、あつかう商品によっては、株を買って株仲間に入らないと、商売ができませんでした。本も種類によっては、株仲間があります。たとえば、重三郎が読んでいる青本などの草双紙《くさぞうし》は、地本問屋と呼ばれる本屋の仲間に入らなければつくれないのです。

株仲間は、幕府《ばくふ》に公認《こうにん》されたものと、そうでないものがありますが、どちらも商人が話し合って利益《りえき》を守るものです。そのため、あまり仲間を増《ふ》やしたがりません。お金があるからといって簡単に株は買えませんし、そもそも重三郎にはお金があまりありません。

だから重三郎は、鱗形屋《うろこがたや》の本を仕入れて売ることから、商売をはじめました。それだけではやっていけないので、貸本《かしほん》もおこないます。貸本にも株が必要でしたが、養父がつてをたどって手に入れてくれました。

門出を前にして緊張《きんちょう》する重三郎に、義兄の次郎兵衛が声をかけます。

「先は長いから、のんびりと行こうや」

次郎兵衛のおだやかな言葉を聞くと、不安がすうっと消えていきます。

開店の日は、多くの人が重三郎のお祝いに駆《か》けつけてくれました。ほとんどが養父の店の常連《じょうれん》です。ただ、重三郎の店には、彼《かれ》らに売る品がありませんでした。主力商品である「吉原細見《よしわらさいけん》」は、常連には必要のないものです。それでも、お祝いがわりに、と買ってくれる客もいましたし、そうでない者は差し入れをおいていきました。

耕書堂の店先、というより次郎兵衛の店の前には、大福餅《だいふくもち》やら酒がめやらが山と積まれていきます。

次郎兵衛は迷惑《めいわく》がるでもなく、ただ目を丸くしています。

「大変な人気だなあ」

「差し入れは次郎兵衛さんの店で使ってください」

「ああ、そうさせてもらうよ」

遠慮《えんりょ》しないですぐに受け入れるのが、次郎兵衛のつきあいやすいところです。

吉原への出入口は、大門ひとつしかありません。そこに向かう一本道に、重三郎の耕書堂はあります。吉原の情報誌《じょうほうし》「吉原細見」を売るのに、これほどよい立地はないでしょう。

また、吉原の中の引き手茶屋や土産物屋にも「吉原細見」は置いてあります。こうした店との交渉《こうしょう》や「吉原細見」の手配も重三郎の仕事になりました。

重三郎は耕書堂の店頭に立って呼びかけます。

「吉原見物には『細見』があるといいですよ。さあ、手にとってみてください」

数人の武士《ぶし》が、きょろきょろと辺りを見回しています。重三郎は近づいて、冊子《さっし》を開いてみせました。

「ほら、こちらがお店と遊女の名前、それからお値段《ねだん》。全部のっています。お土産にもぴったりですよ」

重三郎のさわやかな声と売り文句《もんく》に誘《さそ》われて、武士たちが冊子をのぞきこみます。どうやら、地方から出てきたばかりのようです。

「吉原に行ったという証《あかし》になりますよ。これを見せながら、土産話をしたら盛《も》りあがりますよ、きっと」

「そりゃあいいや、ひとつもらおうか」

「はい、ありがとうございます」

重三郎は次から次へと集団を呼びこんで、「吉原細見」を売っていきます。

店の奥《おく》にすわる次郎兵衛が、その様子を満足そうに見ています。

「さすが重三郎だ」

「吉原細見」を買った客が、そのまま次郎兵衛の店にあがることもありますから、重三郎が商売上手なのは、次郎兵衛にとってもありがたいのでした。

耕書堂の船出は順調で、鱗形屋孫兵衛《まごべえ》もふくらんだほおをゆるめて喜《よろこ》んでいます。

「また追加注文か。こちらの在庫《ざいこ》がなくなってしまいそうだ」

重三郎が鱗形屋から「吉原細見」を仕入れる値段は、高くも安くもありません。店を持たずに本を売り歩く商人と同じ条件《じょうけん》です。ただ、重三郎は「吉原細見」をつくるための情報集めも頼《たの》まれています。こちらは自分のためでもあるからとただ働きなので、やはり鱗形屋はけちなのかもしれません。

「吉原細見」は毎年一月と七月の二回、出版され、そのたびに情報が新しくなります。新版《しんばん》が出たときがやはり一番売れ、だんだんと売れ行きが下がります。

重三郎は「吉原細見」が売れない時季、貸本を風呂敷《ふろしき》に包んで、吉原の店をまわりました。

「毎度ありがとうございます。『耕書堂』です」

あいそよく言って、店をたずねます。遊女たちが休憩《きゅうけい》している午前中のことです。重三郎は吉原育ちですから、顔なじみが多く、店のしきたりや生活についてくわしいので、迎《むか》えるほうも気が楽なようです。

遊女たちは客との会話をはずませるため、よく本を読みます。とくに、歌舞伎《かぶき》など芝居《しばい》の筋《すじ》書《が》きが人気でした。

重三郎は貸本の営業をするだけでなく、吉原で働く人たちの話を熱心に聞きます。今、どんな本が人気なのか、どういう絵が好きなのか、ひいきの役者はだれか、どの業界が景気がいいのか、などなど、話題は様々です。必ずしも商売のためばかりではなく、純粋《じゅんすい》に人と話すのが好きなのです。

ですが、重三郎はひとつ心がけていました。

それは、「悪口を言わない」ということです。他人の悪口を言えば、話は盛りあがりますが、嫌な気分になる人もいます。どこに耳があるかわからないので、本人に伝わるかもしれません。人とのつながりが大事な商売人にとって、悪口は大敵なのです。

そういう態度《たいど》のおかげか、重三郎はしだいに信頼《しんらい》を得《え》るようになりました。

貸本の包みを背負《せお》ってある店を訪《おとず》れたときです。

「やっときてくれた」

聞きおぼえのある声に、重三郎は思わず背筋《せすじ》を伸《の》ばしました。化粧《けしょう》が薄《うす》いせいか、顔の印象《いんしょう》は異《こと》なりますが、見まちがえることはありません。梅乃《うめの》です。

「……どうして？」

言葉をしぼりだすと、梅乃はさびしげに微笑《ほほえ》みました。吉原を出るときの表情《ひょうじょう》とは明らかにちがいますが、やはり美しい、と重三郎は思います。

「戻《もど》ってきちゃった」

子どもができず、また本妻《ほんさい》や家族との折り合いが悪かったため、別れさせられたのだと言います。故郷《こきょう》に帰っても仕事はありませんから、吉原で下働きをしているのだそうです。

「本はいかがですか。久《ひさ》しぶりに会えたので、ただでかまいませんよ」

おどろきと緊張で、重三郎は早口になりました。

「そうね……」

梅乃は目を伏《ふ》せてしばらく考えました。長いまつ毛がときおり揺《ゆ》れます。重三郎はそっと目をそらしました。

「おもしろくて笑える本はある？」

「え？」

重三郎の反応《はんのう》は少し遅れました。我《われ》に返って、首をひねります。

「うーん、今はあまりないですね。洒落本《しゃれぼん》が出ていますけど、男の客向けの本なので、今日は持ってきていません」

洒落本というのは、吉原での遊女と客のやりとりをおもしろおかしく書いた本です。吉原での格好《かっこう》のいい遊び方を教える要素《ようそ》もあって、耕書堂ではよく売れています。

「それは私たちが読んでもおもしろくないものね」

梅乃が残念そうなので、重三郎はあわてて言いました。

「私がつくりますよ。おもしろい本を」

「本当？」

「ええ、地本問屋じゃないとつくれないので、すぐには無理ですけど、いずれ必ず」

重三郎は宣言《せんげん》しました。梅乃はうれしそうですが、その笑顔にはどことなく影《かげ》があります。

「あとは吉原の宣伝《せんでん》ね」

梅乃は声をひそめました。

「久しぶりに帰ってきたら、前よりもお客が減《へ》ってるみたいなの」

実はこのころ、吉原は景気がよくありませんでした。そこで、季節ごとに行事を企画《きかく》して、客を集める工夫をしています。重三郎も、有力者の駿河屋市右衛門《するがやいちえもん》から、出版を通じた宣伝を頼まれていました。

「そうですね。いろいろと考えてみます」

吉原を盛りあげたい、吉原で暮《く》らす人に幸せになってほしい。吉原で育った重三郎はそう思っていました。

4

耕書堂《こうしょどう》の開店から一年あまりが経《た》ちました。店は何とか利益《りえき》をあげていますが、自分で本をつくったり、店を持ったりする資金《しきん》をためられるほどではありません。「吉原細見《よしわらさいけん》」の情報収集《じょうほうしゅうしゅう》で吉原をまわっているため、貸本《かしほん》の客が増《ふ》えているのはありがたいことです。

「そんなにたくさん『細見』を売っているなら、少し仕入れを安くしてもらってもいいんじゃないか？」

養父《ちち》に言われて、重三郎《じゅうざぶろう》は鱗形屋孫兵衛《うろこがたやまごべえ》と交渉《こうしょう》してみました。しかし、孫兵衛は肉の厚《あつ》いあごをさわりながら告《つ》げます。

「うちも経営《けいえい》が楽ではないから、簡単《かんたん》に安くはできないよ。まだ一年だ。三年くらい、よい結果を出しつづけてくれたら考えよう」

重三郎は引き下がるしかありませんでした。

「吉原細見」をつくっているのは鱗形屋だけです。重三郎は孫兵衛と取引しないとやっていけませんが、孫兵衛のほうは、重三郎がいなくても商売ができます。交渉は孫兵衛が圧倒的《あっとうてき》に有利なのです。

養父と駿河屋市右衛門《するがやいちえもん》の不安が当たりました。孫兵衛は重三郎を都合のいい駒《こま》として使おうとしています。悪意はないようですが、自分の商売のことしか考えていません。養父たちは、こうなると予想していたのでしょう。重三郎だって、うすうす気づいていたのです。それでも、この道を歩みはじめたのですから、止まるわけにはいきません。

重三郎は決意しました。

「とにかく動いてみよう。本をつくるんだ」

鱗形屋孫兵衛は、「三年結果を出せば」と言いましたが、はたして信用できるでしょうか。三年経ったら、「いや五年」と言いそうです。細見の販売《はんばい》と貸本だけでは、店を大きくするのに年月がかかりますし、何より重三郎の心がおどりません。自分で本をつくりたくて本屋になったのですから、早いうちに挑戦《ちょうせん》するべきなのです。

しかし、実際《じっさい》のところ、やりたい企画《きかく》、とくに梅乃《うめの》を喜《よろこ》ばせるような企画はたくさんあっても、ほとんどは実行できません。

まず、本を出すには、作家や絵師《えし》だけでなく、版木《はんぎ》と呼《よ》ばれる板に文字や絵を彫《ほ》る職人《しょくにん》や、それを使って紙に刷る職人の協力が必要です。紙も仕入れなければなりません。多額《たがく》の費用《ひよう》がかかるのです。

より大きな問題は、やはり株仲間《かぶなかま》です。江戸《えど》の本屋は、書物問屋と地本問屋という二つのグループに分かれています。歴史書《れきししょ》や古典といった硬《かた》い内容《ないよう》の本をあつかうのが書物問屋、草双紙《くさぞうし》などのやわらかい内容の本をつくるのが地本問屋です。庶民《しょみん》向けに人物や風景などを描いた浮世絵《うきよえ》を売っていたのも地本問屋でした。

地本、というのは地元江戸の本、という意味です。江戸時代の前半、出版《しゅっぱん》の中心は上方、つまり京や大坂などで、上方の本が江戸で売られていました。それに対して、江戸でつくられた本、地本という言葉が生まれたのです。

本屋が増えて競争がはげしくなると、値段《ねだん》が安くなったり、質《しつ》の悪い本が出まわったりします。職人の取り合いになっても困《こま》ります。そのため、地本問屋の仲間は、新しく入ってくるのを簡単には許《ゆる》しません。

地本問屋の仲間に入らずに、できることはあるのでしょうか。

鱗形屋孫兵衛は薄笑《うすわら》いを浮《う》かべて言います。

「よそ者が本をつくったところで、江戸では売れないぞ。本屋は仲間の本じゃないととりあつかわない。本を売り歩く商人だって仕入れない。吉原で売るくらいだな」

だから鱗形屋の本を売るしかない、と孫兵衛は笑うのですが、その発言にヒントがありました。吉原で売ればいいのです。吉原は江戸とは別世界で、独自《どくじ》のルールで動いていますから、それは可能《かのう》になります。

重三郎はさっそく、企画を考えはじめました。義兄《あに》の次郎兵衛《じろべえ》が質問《しつもん》してきます。

「もう本をつくるのか。どんな本になるんだ」

「吉原を宣伝《せんでん》する本です」

重三郎には、どこで売るのかという流通の問題とは別に、予算をどうするかという資金の問題があります。吉原を宣伝する本をつくるためなら、吉原の店にお金を出してもらえるので、資金の問題は解決《かいけつ》できるのです。

しかし、たとえば、遊女の絵を出して宣伝しようと思っても、錦絵《にしきえ》という多色刷り（カラー）の版画《はんが》はつくれません。品質のよい錦絵をつくれる職人は少なく、本屋の仲間たちがおさえているので、重三郎のような新参者は相手にされないのです。だからといって白黒では、遊女たちの魅力《みりょく》がうまく伝わらないでしょう。

「こういう絵入りの本もつくりたいですけどね」

重三郎は貸本の山を見やりました。一番上にあるのは、花を絵師や商人などの有名人に見立てた絵本です。

そのとき、重三郎はひらめきました。

「あ、これならできるかも」

重三郎の頭に浮かんだのは、人気の浮世絵師である北尾重政《きたおしげまさ》の顔でした。たまに吉原にくるので、紹介《しょうかい》してもらったことがあります。重政が描きたい絵について語ったのを、重三郎はずっとおぼえていました。

「ちょっと出かけてきます」

駆《か》け出した重三郎を、次郎兵衛が仕方ないな、という顔で見送りました。

北尾重政は三十五歳《さい》で、重三郎より十一歳上です。二十代の後半から浮世絵師としての活動をはじめ、すでに弟子をとるほどの人気と実力を持っています。本屋をいとなむ家に生まれたためか、本のさし絵を描くのも好きで、鱗形屋などの依頼《いらい》で多くの作品を発表しています。

北尾重政が重三郎に語ったのは、次のようなことでした。

「人を描くのはもちろん好きだが、花や鳥をじっくり描くのもいい」

重政の家は、鱗形屋の使いで何度か訪《おとず》れたことがあります。日本橋の鱗形屋の店「鶴鱗堂《かくりんどう》」の近くの長屋です。

日本橋まで、早足で歩いて半刻《とき》（約一時間）近くかかりますが、江戸時代の人にとってこれくらい歩くのは朝飯前です。重三郎は半分くらい走って、息を切らしながらも、目的の長屋に着きました。

長屋というのは、この時代の庶民が住む集合住宅《じゅうたく》です。表通りから木戸を抜《ぬ》けて路地を進むと、井戸や厠《かわや》（トイレ）のある広場があり、平屋の細長い建物が立っています。これが長屋で、一部屋ずつ仕切って住みます。部屋の広さは六畳程度《じょうていど》で、土間とかまどがついています。

厠の近くを通ると、においが鼻をつきます。重三郎は鼻をつまんで通りすぎ、重政の部屋の戸をたたきました。

「北尾先生、いらっしゃいますか？　蔦屋《つたや》の重三郎です」

「……どうぞ」

引き戸を開けると、重政が絵を描いています。

「鱗形屋の使いか？　見てのとおり、さし絵はまだできていない」

「あ、いえ、ちがうんです」

重三郎は息をととのえながら、まず酒がめを差し出しました。酒好きの重政のために、途中《とちゅう》で買ってきたものです。酒は量り売りで枡《ます》に入れてもらうのが一般的《いっぱんてき》ですが、今回は運ぶためにかめで買いました。

「お、上方の酒か」

上方には名酒の産地が多くあり、上方の酒は江戸の地酒よりも高級品です。しかし、かめを受けとった重政は複雑《ふくざつ》な表情《ひょうじょう》でした。

「こぼれている」

言われてはじめて、重三郎は手がぬれているのに気づきました。急いできたので、封《ふう》が破《やぶ》れてしまったようです。

「も、申《もう》し訳《わけ》ございません」

あわてて頭を下げる重三郎です。重政はかめを置いて言いました。

「別にかまわない。とりあえず水でも飲んで落ちつきなさい」

重政は水おけの水を椀《わん》にくんで、重三郎に差し出します。重三郎は礼を言って受けとり、ひと息に飲み干《ほ》しました。

そして頼《たの》みます。

「花の絵を描いてほしいのです」

重政は一瞬《いっしゅん》、眉《まゆ》をひそめると、絵の前に戻《もど》りました。

「きりがついたら、話を聞こう。少し待っていなさい」

重三郎は、「はい」と返事をしました。水をもらったおかげで、人心地ついて、ようやく周りが見えるようになってきました。水おけの水がなくなりかけています。

「水をくんでおきますね」

重三郎は水おけをかかえて、共同の井戸に行きました。井戸といっても、穴《あな》を掘《ほ》って地下水をくんでいるものではありません。大きなおけが埋《う》めてあり、そこに水道で運ばれた水がためられています。多摩川《たまがわ》などから引かれた水が、地中に埋められた樋《とい》をつたって流れてくるのです。

重三郎が水をくんで戻ると、重政は絵に集中していました。にらむように紙を見つめ、筆を動かしています。

けわしい視線《しせん》がふっとゆるみました。

「これくらいにしておこう」

重政はつぶやいて、重三郎に目を移《うつ》しました。

「花、と言ったか」

重三郎は勢《いきお》いこんで答えます。

「はい、花です。遊女を花に見立てて描いていただきたいのです。宣伝をかねて、吉原で売ろうと思います」

「……ふむ。それなら、株がなくてもつくれる」

重政はうなずきつつも、まだ難《むずか》しい顔をしています。

「しかし、それは売れるのか？　挑戦するのはよいが、大きな失敗をすると、次の機会がなくなりかねん」

絵師に支払《しはら》われる画料は、本が売れても売れなくても変わりません。重政は重三郎を心配しているのです。

「しっかりしたつくりにして、贈《おく》り物に使えるようにしたいと思います」

吉原の店が常連《じょうれん》に贈ったり、地方の武士《ぶし》が自分の藩《はん》に持ち帰ったり、そういう本にしたいと、重三郎は説明しました。

しばらく無言で考えてから、重政は口を開きました。

「よろしい。引き受けよう。年が明けたら少し時間ができるから、そのころにとりかかろう」

「ありがとうございます！」

重三郎は勢いよく頭を下げました。

「吉原に行って話をまとめてきます」

「あ、おい」

駆け出した重三郎は急停止《きゅうていし》して、もう一度、重政に礼をしました。そして、再《ふたた》び江戸の町を走ったのでした。

5

花の本の企画《きかく》について、重三郎《じゅうざぶろう》は吉原《よしわら》の顔役である駿河屋市右衛門《するがやいちえもん》に相談しました。かねてから、吉原の宣伝《せんでん》になる本を出せ、と言っていた市右衛門です。待ってましたとばかりに、とびつきました。

「遊女を花に見立てる、ですか。ありふれてはいますが、北尾重政《きたおしげまさ》の絵ならいい本になりそうですね」

市右衛門は特徴的《とくちょうてき》なぎょろ目を見開いて、重三郎の顔をのぞきこみます。重三郎は十年以上のつきあいですから慣《な》れていますが、はじめての人なら思わず後ずさってしまうでしょう。

「ただ、ひとつ条件《じょうけん》があります」

「条件……何でしょうか」

重三郎が緊張《きんちょう》しながらたずねると、市右衛門は真剣《しんけん》な表情《ひょうじょう》で言いました。

「私の書いた本も刷ってください。もちろん、必要なお金は出します」

重三郎はほっとしました。無理難題《むりなんだい》ではありません。江戸の流通に乗せずに、吉原で売ったり配ったりする本ならつくれます。そういえば、市右衛門は洒落本《しゃれぼん》が好きで、貸本《かしほん》もよく利用しています。読んでいるうちに、自分でも話を書いてみたくなったのでしょう。

「わかりました。お約束します」

思いついて、つけくわえます。

「花の本に市右衛門さんの本の宣伝を入れましょう。今度、こういう本を出します、と書いておくのです」

「それは名案です」

市右衛門は大きくうなずきました。これは宣伝であるとともに、市右衛門と重三郎の約束が形になることでもあります。

「花の本の資金《しきん》集めは私も手伝いましょう。出したお金に応《おう》じて遊女のあつかいを大きくし、できた本を多く配ればいいでしょう。多くの店が競って出しますよ」

「ありがとうございます」

重三郎はほっとして頭を下げました。資金の都合はつきそうです。ただ、ありふれている、と言われたのはそのとおりです。内容《ないよう》なり売り方なりに、もうひとつ工夫が必要ではないでしょうか。

「はじめてなのだから、無難《ぶなん》なものでかまいませんよ」

市右衛門は言いましたが、そこであっさりとうなずくわけにはいきません。

重三郎は知り合いの顔を思い浮《う》かべ、ある人物に行き当たりました。江戸《えど》の奇才《きさい》として名高い、平賀源内《ひらがげんない》です。

平賀源内は学者であり、発明家であり、作家であり、画家でもあります。鉱山《こうざん》の開発もしますし、イベントの企画もしますし、広告《こうこく》も手がけます。とにかく、様々な才能《さいのう》を持つ人でした。鱗形屋《うろこがたや》の「吉原細見《よしわらさいけん》」に序文《じょぶん》を書いていまして、重三郎とも顔見知りです。

重三郎が花の本の売り方について助言を求めると、源内は言いました。

「売り方か。つまり、どうやって広告するかだな。広告というのは、見せることと、見せないことが重要だ」

「どういう意味でしょうか」

重三郎の質問《しつもん》を、源内は待ちかまえていたようでした。

「これ以上は、代金をもらわないと話せないいな」

自分で考えろ、ということでしょう。

商品や商売を多くの人に知らせることが広告の役割《やくわり》です。しかし、くわしい内容をあえて隠《かく》すことで、人々の興味《きょうみ》を呼《よ》ぶ方法もあります。また、簡単《かんたん》に手に入らないようにすることで、商品の価値《かち》を高める手法もあります。

重三郎は悩《なや》みに悩んで、たどりつきました。

「どうせ江戸の町では売れないのだ。本屋ではいっさい売らない、というのもひとつの手だな」

できた本は、お金を出してくれた店に配るほか、引き手茶屋や遊女に売って、常連客《じょうれんきゃく》への贈《おく》り物として使ってもらいます。この本を贈られることが常連の証《あかし》となって、話題になるのがねらいです。耕書堂《こうしょどう》で売ったら、だれでも手に入れられて、価値が下がってしまうので、それはやりません。実物を簡単に見られないことが、独自《どくじ》の価値を生みます。

市右衛門も賛成《さんせい》してくれました。

「なるほど、おもしろい試みですね。それなら、お金を出す店がさらに増《ふ》えるでしょう」

重三郎は市右衛門といっしょに吉原をまわって、資金を集めました。重三郎は貸本屋として吉原で名を知られており、市右衛門は顔役として影響力《えいきょうりょく》をもっています。必要なお金が集まるのに、ひと月もかかりませんでした。

並行《へいこう》して、重三郎は本の制作《せいさく》にとりかかっています。本をつくるには、多くの職人《しょくにん》がかかわります。

北尾重政が下絵を描き、説明書きをくわえます。その下絵を版木《はんぎ》に貼《は》って、彫《ほ》り師《し》が彫ります。墨《すみ》を塗《ぬ》った部分が黒くなりますから、絵や字の線を残して、背景《はいけい》の部分を彫ることになります。また、版画《はんが》は紙に刷ると鏡のように引っくり返りますので、下絵は裏返《うらがえ》しに貼らなければなりません。多色刷りになると、色ごとに版木をつくりますから、工程《こうてい》がさらに増えます。

重政は厳《きび》しい目で、ひとつひとつの工程を確認《かくにん》します。納得《なっとく》がいかなければ修正《しゅうせい》し、満足すれば先に進みます。

こうして、安永《あんえい》三年（西暦《せいれき》一七七四年）七月、重三郎のはじめての本『一目千本《ひとめせんぼん》』が完成しました。贈り物にふさわしくなるように、青い表紙は厚《あつ》く美しく仕上げ、墨や紙にもこだわった品です。中身は基本的《きほんてき》には黒一色ですが、特別に色つきの絵もつけられました。資金を出す店が多かったので、豪華《ごうか》なつくりにできたのです。

重三郎は刷りあがった本を自分の部屋に積みあげました。次郎兵衛《じろべえ》の店の奥《おく》にある狭《せま》い部屋です。部屋に満ちた絵具と紙のにおいを吸《す》いこんで、重三郎は満足感にひたりました。でも、本はつくっただけで終わりではありません。むしろ、ここからがはじまりです。

重三郎は鱗形屋に見本を持っていきました。孫兵衛《まごべえ》にはいいように利用されていますが、大事な仕事相手なので、礼儀《れいぎ》をつくしているのです。

「はじめてにしてはいい本ではないか。北尾先生の持ち味がよく出ている」

孫兵衛はそう評価《ひょうか》しました。偉《えら》そうな言い方ですが、本屋としてははるかに先輩《せんぱい》なので、重三郎はすなおに喜《よろこ》びました。

「私の店でも売りたいくらいだが、仲間の決まりでできない。残念だ」

孫兵衛の言葉は決して嫌味《いやみ》ではなく、本音のように思われます。

「でも、これは店では売らないんです」

重三郎が言ったので、孫兵衛は目を丸くしました。

「どういう意味だ？　吉原で売るのではないのか？」

「吉原には売りますよ」

重三郎が説明しても、孫兵衛は首をひねるばかりです。

しかし、重三郎のもくろみは当たりました。『一目千本』は吉原で話題となり、そのおかげかどうか、吉原全体のお客も増えたそうです。

駿河屋市右衛門は目をぎょろつかせて喜び、重三郎の手腕《しゅわん》を評価しました。

「これからも宣伝になる本を出していきましょう。すぐにでも次の本にとりかかってください」

「任《まか》せてください。市右衛門さんの本はどうです？　書くほうは進んでいますか？」

市右衛門は目をそらしました。

「……まあ、それはおいおい、ということで」

重三郎は『一目千本』の広告のページを開きます。

「こうして宣伝しているのですから、頼《たの》みますよ」

「むむ……」

市右衛門の原稿《げんこう》はともかく、重三郎は吉原の本屋として力強く歩みはじめたのです。

以前、重三郎が平賀源内をたずねたとき、次のようなことを言われました。

「今年の秋ごろかな、すごい本が出るぞ。楽しみにしておけ」

その本については、うわさが流れていました。オランダ語から翻訳《ほんやく》した西洋医学の本が出版《しゅっぱん》されるというのです。しかし、幕府《ばくふ》は海外の知識《ちしき》が広まることを警戒《けいかい》しています。無事に出版されるのか、出版されたとして、罪《つみ》に問われないのか。心配する人も多くいました。

安永三年（西暦一七七四年）九月、書物問屋、須原屋市兵衛《すはらやいちべえ》の手によって、『解体新書《かいたいしんしょ》』が出版されました。前野良沢《まえのりょうたく》、杉田玄白《すぎたげんぱく》らがオランダ語の『ターヘル・アナトミア』を訳したものです。

重三郎は感心しました。

「思い切ったことをするなあ」

手さぐりの状態《じょうたい》で翻訳した苦労もすごいのですが、重三郎が思いをよせたのは、出版した本屋のほうです。お上からにらまれるおそれがあるにもかかわらず、この本は世のためになると考えて、実行したのでしょう。あらかじめ幕府の反応《はんのう》をうかがってから出したそうですが、罰《ばっ》せられる不安は消えなかったといいます。

重三郎は実用的な本よりも、読んで楽しい本をつくりたいので、めざす方向はちがいますが、『解体新書』は刺激《しげき》になりました。江戸の人々に求められる本をつくりたいと、あらためて思いました。

『解体新書』のような書物の出版が許《ゆる》されたのは、当時の幕府の政治《せいじ》が開放的な性格《せいかく》だったためでもあります。将軍《しょうぐん》は第十代の家治《いえはる》ですが、中心として政治を動かしているのは、老中の田《た》沼意次《ぬまおきつぐ》です。

　田沼意次は商業を重視《じゅうし》した政治をおこなっており、学問や芸術《げいじゅつ》について、うるさく口を出しません。そのおかげで、蘭学《らんがく》、つまりオランダ語を通じて学ぶ西洋の学問が盛《さか》んになり、江戸の町では庶民《しょみん》の文化が発展《はってん》しています。一方で、田沼意次をはじめとする幕府の高官や役人がわいろをとるという批判《ひはん》もあります。いずれにしても、商売はやりやすい状況《じょうきょう》でした。

　翌年《よくとし》、安永四年（西暦一七七五年）、重三郎は『一目千本』の続篇《ぞくへん》『急戯花の名寄《にわかはなのなよせ》』をつくりました。

　そして今度は鱗形屋が、世をさわがせる本を出します。恋川春町《こいかわはるまち》が絵と文を手がけた『金々先生栄花夢《きんきんせんせいえいがのゆめ》』です。

「おもしろい本ができたぞ」

　鱗形屋孫兵衛が、得意《とくい》げに見せてくれました。

　形としては、草双紙《くさぞうし》の一種、青本で、上下二冊《さつ》に分かれています。絵が大きく、ていねいに描かれていて、余白《よはく》にびっしりと字が書かれています。

「ほほう、これは……」

　重三郎はすっかり引きこまれてしまいました。ときおり、にやりと笑います。

『金々先生栄花夢』は、一旗あげようと江戸に出てきた若者《わかもの》が、店で餅《もち》を注文するところからはじまります。若者は金持ちの養子になり、好き勝手に遊び暮《く》らしたあげく、家を追い出されてしまいますが、それはすべて、餅ができあがるまでに見た夢だったという筋《すじ》です。

物語は中国の古典を元にしています。ただ、おもしろいのはそこではありません。絵にも文にも、あちこちに小さなネタがちりばめられています。当時の流行や、話題になった本や芝居《しばい》、吉原でのやりとりなど、知っている人は気づく、気づいた人はうれしくなる、そういうしかけが多いのです。

「恋川先生はまじめなお武家《ぶけ》様だが、文章を書くとお人が変わるのだ。あの方の才能はすばらしい。こういう本をつくってこそ、本屋だ」

孫兵衛の目は確かですが、相変わらず、嫌味な言い方です。重三郎は本をつくりたくてもつくれません。

それでも、重三郎は笑顔で応じました。

「これはたくさん買わせてください。貸本でも順番待ちが出るくらいになりますよ」

きっと梅乃《うめの》も気に入ってくれるでしょう。できれば自分でつくりたかったのですが、おもしろい本はだれがつくってもおもしろいものです。これを多くの人に届《とど》けたい、と重三郎は思いました。

『金々先生栄花夢』は大いに売れ、江戸中の本好きをうならせました。この作品のように、同時代の世の中や事件《じけん》をたくみに描き、知的な笑いを生む草双紙を「黄表紙」と呼びます。『金々先生栄花夢』は黄表紙のさきがけであり、言わばジャンルをつくった作品なのです。

また、恋川春町という作者の名前も知られるようになりました。これまで、草双紙では、作者の名前はあまり意識《いしき》されていなかったのですが、恋川春町の活躍《かつやく》により、作者名で本が売れるようになっていきます。

梅乃もすっかり気に入ったようでした。

「この人の本なら、買ってもいいくらいだ。重三郎もがんばってね」

梅乃は少しやせたようです。裏方《うらかた》ですから地味な着物を着ているのですが、肩《かた》のあたりの布《ぬの》がだぶついています。ですが、重三郎は気づかないふりをしました。

「おれもそのうち、こういう本をつくりますよ。本を読むときくらい、笑っていてほしいですから」

重三郎はお金をためて地本問屋の株《かぶ》を買うため、さらに仕事に精《せい》を出すと決意したのでした。

6

『金々先生栄花夢《きんきんせんせいえいがのゆめ》』が売れたおかげか、鱗形屋孫兵衛《うろこがたやまごべえ》はますます太ったようでした。吉原《よしわら》で宴《えん》会《かい》をするときはかごに乗ってやってくるのですが、かつぐ男たちが大変だからと、追加料金をとられた、と文句《もんく》を言っています。

そんなある日、孫兵衛から呼《よ》び出されて、重三郎《じゅうざぶろう》は日本橋の店に出向きました。奥《おく》の座敷《ざしき》に通されて、あいさつをします。

「もう来たのか」

孫兵衛はゆっくりと顔をあげました。心なしかほおの肉が減《へ》ったようで、ひどく落ちこんだ様子です。

「何かあったのですか」

重三郎はどきどきしながらたずねました。孫兵衛はけちで嫌味《いやみ》の多い人ですが、彼《かれ》の協力なしでは商売ができません。

孫兵衛は低い声で答えます。

「秋の『吉原細見《よしわらさいけん》』は出せなくなった」

「え？　もうすぐ店への聞き取りが終わって、情報《じょうほう》がそろうところですが、出せないって？　え？」

重三郎はまばたきをくりかえしました。おそれていた事態《じたい》です。

孫兵衛は目を伏《ふ》せました。

「実は、うちの手代《てだい》がやらかしてね」

手代というのは、商家で働く人のことです。地位の高い順に、番頭、手代、丁稚《でっち》と言います。

鱗形屋の手代が、大坂の本屋がつくった本を勝手にまねて、同じような本を出版《しゅっぱん》したのだそうです。つまり、盗作《とうさく》です。江戸《えど》時代でも、これは罪《つみ》でした。鱗形屋は半年間、出版を禁《きん》じられました。

「そういうわけで、今回の細見はない。まったく、とんでもないことをしてくれた」

孫兵衛はぶつぶつと、手代をののしっています。

重三郎は頭を抱《かか》えたくなりました。「吉原細見」は薄利多売《はくりたばい》ですが、重要な収入源《しゅうにゅうげん》です。それがなくなるのは大打撃《だいだげき》です。「耕書堂《こうしょどう》」だけの問題ではありません。ガイドブックである「吉原細見」の新版《しんぱん》が出なければ、吉原全体の景気にも影響《えいきょう》があるでしょう。

そう考えたとき、とっさに重三郎の口が動きました。

「私が出すわけにはいきませんか」

孫兵衛が首をかしげたので、重三郎は言い直しました。

「秋の細見を私が出してもいいでしょうか。細見がないと、みんなが困《こま》りますから、このままつくって、私の名前で出版したいと思います」

孫兵衛はたるんだあごに手をあてました。しばらく考えてから答えます。

「……それは無理だ」

しかし、重三郎は気づいていました。「吉原細見」は地本問屋の仲間に入っていなくても出せるのではないでしょうか。次回以降《いこう》、客をとられるのをおそれて、無理だと言ったのではないでしょうか。

「失礼します」

重三郎は鱗形屋を飛びだしました。これは鱗形屋の手をはなれる、またとない機会かもしれません。

重三郎は近くの本屋、鶴屋《つるや》「仙鶴堂《せんかくどう》」に駆《か》けこみました。地本問屋の仲間でなくても「吉原細見」を出せるのか、それを確認《かくにん》するためです。主人の鶴屋喜右衛門《きえもん》は顔見知りです。重三郎の勢《いきお》いにおどろきつつも、出版に問題はないと教えてくれました。

「ありがとうございます！」

重三郎は急いで吉原の店に戻《もど》ると、さっそく今までの「吉原細見」を並《なら》べて、思案をはじめました。

「同じものをつくってもつまらない。お客さんに選んでもらえる細見をつくるんだ」

まず重三郎が考えたのは、誌面《しめん》を見やすく、ひと目で情報がわかるようにすることです。店の並びを実際《じっさい》と同じようにしたり、文字の読みやすさに気をつかったりします。ただ、「細見」は中身を比《くら》べて買うようなものではありません。

義兄《あに》の次郎兵衛《じろべえ》が言いました。

「たくさん売るには、やっぱり安くするのが一番じゃないか」

「それを言ったら身もふたもありませんよ」

重三郎は眉《まゆ》をひそめましたが、客の立場からすると、安いほうがいいのは確かです。とくに、吉原で遊ぶためではなく、土産物として買う客にとっては、値段《ねだん》が決め手になるでしょう。

ページ数を減らせば安くできます。とはいえ、情報を減らすわけにはいきません。では、代わりに一枚《まい》を大きくすればどうでしょうか。

重三郎は紙を取りよせて、試しに書いてみました。すると、大きくすることで、見やすくなったようです。さらに、店の並びに合わせてレイアウトを工夫し、ひと目で頭に入るようにします。

「よし、これで行こう」

方針《ほうしん》が決まると、重三郎は職人《しょくにん》と交渉《こうしょう》をはじめました。けちな鱗形屋よりも払《はら》いを少なくするわけにはいきません。彫《ほ》り師《し》には一枚あたりの手間賃《てまちん》を大きくあげ、刷り師には手間賃と頼《たの》む量を増《ふ》やします。重三郎としては、職人に払う金額《きんがく》が高くなっても、鱗形屋から仕入れるのに比べたら、利益《りえき》は大きくなりますし、たくさん売って稼《かせ》ぐ自信もありました。それに、職人がいなければ本はつくれませんから、彼らを味方につけることは重要です。

江戸時代の暦《こよみ》では、七月から秋です。秋の細見は七月に発行されます。蔦屋版《つたやばん》の「吉原細見」は無事に発行され、以前と変わらぬ、いや、値段と工夫のおかげで、それ以上の売れ行きでした。お客の反応《はんのう》も上々です。

しかし、重三郎に喜《よろこ》んでいるひまはありません。同時に、新しい企画《きかく》が動いていたのです。

それは、吉原の遊女を宣伝《せんでん》するため、画集や錦絵《にしきえ》を売り出そうという企画でした。遊女の美しさを広めるには絵が、それも多色刷りの美しい浮世絵《うきよえ》、つまり錦絵がふさわしい。駿河屋市《するがやいち》右衛門《えもん》をはじめとする吉原の有力者たちはそう考えていました。

「金はいくらでも集める。とにかく美しくて豪華《ごうか》な本をつくってくれ」

市右衛門にぎょろ目を光らせて頼まれれば、断《ことわ》るわけにはいきません。重三郎は調整のために、江戸を走りまわりました。

まず、解決《かいけつ》すべきは株《かぶ》の問題です。これは書物問屋や地本問屋の名前を借りることにしました。本屋をたずねて、引き受けてくれる店を探《さが》します。

「そういうことは、うちはやっていないんだ」

「どこの馬の骨《ほね》とも知れぬやつに、名前は貸《か》せないな」

門前払《もんぜんばら》いされてもめげずに、重三郎はまわりつづけます。すると、画集のほうは書物問屋の山崎金兵衛《やまざききんべえ》、錦絵は地本問屋の西村屋与八《にしむらやよはち》が協力を約束してくれました。

西村屋与八は、鱗形屋孫兵衛の息子です。この時代にはままあることですが、後継《あとつ》ぎのいない同業者に養子に出されたのです。孫兵衛とは仲があまりよくないのか、その名は口にしませんでした。

「重三郎さんの評判《ひょうばん》は聞いています。吉原の仕事なら、お引き受けしましょう。ただ、由緒《ゆいしょ》正しい西村屋の名で商売をするのですから、お願いしたいことがあります」

与八は孫兵衛とちがって、やせ気味で、目つきのするどい男です。

「絵師《えし》はこちらで手配します。うまくいくようなら、毎年つづけたいと思いますが、仲介《ちゅうかい》してもらうのは最初のうちだけでけっこうです」

「仲介、ですか」

あくまでも主体は西村屋、という意味でしょう。そして、うまくいくなら自分だけでやる、という虫のいい話です。与八はなかなか手強い商売人のようです。

重三郎は同意しました。

「もちろん、それでかまいません。この仕事は、私のもうけよりも吉原を盛《も》りあげるのが目的ですから」

この錦絵のシリーズは、一枚ごとに売られ、五、六年かけて百五十点近く出版されます。重三郎の利益にはなりませんでしたが、吉原の宣伝になって、駿河屋市右衛門たちを喜ばせたのでした。

画集を販売《はんばい》する山崎金兵衛は、重三郎に制作《せいさく》を任《まか》せてくれました。重三郎は絵を北尾重政《きたおしげまさ》に頼みます。

「やりがいのある仕事だ」

重政は変わらずぶっきらぼうに話しますが、喜んでいるようです。

「ただ、これだけの仕事となると、時間が足りない。時期をずらすか、絵を減らすかしてくれないか」

重三郎はどちらもやりたくありません。吉原の店に資金《しきん》を出してもらうので、とくに絵を減らすのは無理です。

そこで、重政の紹介《しょうかい》を受けて、別の絵師にも声をかけました。勝川春章《かつかわしゅんしょう》という、こちらも人気のある絵師です。二人の人気絵師が競うかたちにすれば、さらに話題になること、疑《うたが》いありません。

実は、勝川春章は重政の家のすぐ近くに住んでいました。年齢《ねんれい》は重政がやや上で、絵の技法《ぎほう》について、よく語りあっている仲だそうです。

「北尾先生と競作？　それはおそれ多いなあ」

春章はしぶりましたが、重三郎は熱心に説得《せっとく》しました。

「でも、北尾先生がぜひに、とおっしゃるんですよ。他の絵師に任せたら、絶対《ぜったい》に後悔《こうかい》しますよ」

重三郎は予定している画集のしつらえや、担当《たんとう》する職人について説明しました。春章がひそめていた眉を開きます。

「たしかに豪華な本になりそうだ。手を貸さないわけにはいかないな」

勝川春章は依頼《いらい》を引き受けました。

二人の絵師は吉原に出向いて、遊女たちの下絵を描きました。百人以上の遊女を描くので、何日にも分けて通います。

北尾重政はしばらく酒も飲まずに、描きつづけました。重三郎が届《とど》けた樽酒《たるざけ》を開けたのは、すべて描き終えてからです。

勝川春章は刷りあがった絵を確認して言いました。

「よし、いいだろう。これで終わりだ。しばらく女の顔は見たくない」

重三郎は笑って応《おう》じます。

「えっと、吉原の駿河屋さんから完成のお祝いに宴《うたげ》に招待《しょうたい》する、と言われてますが、断りますか？」

「いやいや、そのころには回復《かいふく》するだろう。もちろん行く」

あわてて首をふる春章でした。

安永《あんえい》五年（西暦《せいれき》一七七六年）正月、重三郎は『青楼美人合姿鏡《せいろうびじんあわせすがたかがみ》』を出版しました。豪華な三巻《かん》本です。北尾重政と勝川春章が腕《うで》によりをかけて描いた遊女の絵は、見る者をとりこにしました。目を奪《うば》われるどころか、たましいまで奪われるほどの出来映《できば》えです。

描かれた遊女は百六十人あまり、出した金額によって、絵の大きさが変わってきます。あらかじめお金を集めてつくったので、重三郎が損《そん》をする心配はありません。

同時に、駿河屋市右衛門の書いた本も出ました。市右衛門は二年近くかかって、何とか書きあげたのです。吉原を舞台《ぶたい》にした、五巻本の物語集です。できあがった本の大半は、市右衛門が買いとって、友人知人やなじみ客に配りました。

また、この正月も、重三郎は「吉原細見」を出しています。処分《しょぶん》が明けた鱗形屋も出しましたから、両者は商売がたきとなりました。

重三郎は細見を出すかどうか、少し悩《なや》みました。鱗形屋に便利に使われていたのは確かですが、恩《おん》はあります。こんなに早く、争うかたちになっていいものでしょうか。

ただ、遅《おそ》かれ早かれ、独立《どくりつ》しなければ、商売は広げられません。駿河屋市右衛門をはじめとする吉原の有力者たちからは、細見の制作をつづけるよう頼まれています。彼らにとって、重三郎の細見の価格《かかく》は魅力《みりょく》ですが、それにもまして、何か要求があるときに頼みやすいのが、最大の利点でした。

もうひとつ理由があって、重三郎はお金を必要としていました。梅乃《うめの》が病に倒《たお》れて、薬が必要だったのです。

吉原はせまいところにたくさんの人が住んでいるため、流行り病に弱い町です。遊女はとくに早死にする例が多く、死は身近にありました。治らない病にかかった遊女は、見捨《みす》てられてしまいます。

しかし、重三郎は梅乃を見捨てたくありませんでした。

荒《あら》い息の下で、梅乃は言います。

「あなたの夢のためのお金でしょ。自分のために使って」

「もうためる計画はできています。これは余《あま》ったお金で買いました。私は正直者ですから、嘘《うそ》ではないですよ」

「……」

何か言おうとして、梅乃はせきこみます。やせほそった身体はあわれですが、不思議と美しさはそこなわれていないように、重三郎には思われます。

「薬を置いていくから、きちんと飲んでください。それから、これ」

重三郎は一枚の扇《おうぎ》を差し出しました。

はかなくも美しい、女性《じょせい》の姿が描かれています。北尾重政に依頼して描いてもらった、元気だったころの梅乃の姿です。版画《はんが》ではなく、肉筆といって、手で描いて直接《ちょくせつ》色づけした絵です。

梅乃は大きく目を開きました。

「……私？」

「はい。差しあげます」

見開いた目に、みるみるうちに涙《なみだ》がたまっていきます。

「ありがとう。薬よりうれしい」

しかし、重三郎が扇を枕《まくら》もとにおくと、梅乃はかすかに首を横にふりました。涙が横に流れて耳をかすめます。

「これはあなたが持っていて」

「え？」

重三郎は首をかしげました。

梅乃がかすれた声でくりかえします。

「あなたが持っていて」

重三郎はようやく理解《りかい》しました。美しい姿をとどめておいてほしいということでしょう。

「……わかりました。大切にします」

うなずくと、梅乃は力なく微笑《ほほえ》みました。

そういう事情《じじょう》で、重三郎は「吉原細見」の出版をつづけることにしたのです。鱗形屋孫兵衛にも報告《ほうこく》しました。

「勝手にするがいい、この恩知らずめが」

孫兵衛は冷たく言いました。

「まったく、だれのおかげで商売をはじめられたと思っているんだ。吉原のこぞうが調子にのりおって」

その言葉は重三郎の負けん気を刺激《しげき》しました。けれど、重三郎は黙《だま》って頭を下げました。

「鱗形屋さんには感謝《かんしゃ》しています。また協力できる機会があれば、協力したいと思います」

「ふん」

孫兵衛は太った身体をくるりとまわして、背《せ》を向けました。

二人の勝負は、最初から結果が見えていました。重三郎の「吉原細見」は、鱗形屋版よりも安く、情報も充実《じゅうじつ》しています。「吉原細見」と言えば、重三郎の蔦屋版を指すようになり、売上げの差はだんだんと開いていきます。やがて鱗形屋は撤退《てったい》し、「吉原細見」の出版は、重三郎が独占《どくせん》するようになるのでした。

二章

才能を見つける仕事

1

梅乃《うめの》の命が尽《つ》きたのは、安永《あんえい》五年（西暦《せいれき》一七七六年）の春のことでした。

桜《さくら》の花が散って、吉原《よしわら》をめぐる堀《ほり》に浮《う》かび、水面を美しく染《そ》めあげた日です。花曇《はなぐも》りの空で、今にも雨が降《ふ》り出しそうでした。早くから提灯《ちょうちん》に火がともされて、通りをぼうっと照らしています。

重三郎《じゅうざぶろう》は仕事で出かけていて、最後の対面はかないませんでした。昔、世話になった恩《おん》で、梅乃の死をみとったという遊女が、報告《ほうこく》してくれました。

「梅乃さんは苦しまずに旅立ちました。最後はせきもしてなくて、不思議なほど安らかで……」

泣き出す遊女をなぐさめながら、重三郎は涙《なみだ》をこらえていました。

梅乃は遊女としては、長く生きたほうかもしれません。身請《みう》けされてしばらくは幸せだったかもしれません。ただ、重三郎としては、もっとできることがあったのではないか、と思うのです。

同時に、人のはかなさも感じました。後悔《こうかい》しないよう、やりたいことを精一杯《せいいっぱい》やろうと思います。

吉原で育った重三郎は、遊女のつらさを多少なりとも知っています。彼女《かのじょ》たちは逃《に》げ出すことができません。好きな道を歩むことができません。ならばせめて、彼女たちの美しさを知ってもらいたい、日の光を浴びてもらいたい、そして日常《にちじょう》のなかにおもしろい本を読む楽しみを提供《ていきょう》したい、そう考えるのです。

その秋のことです。耕書堂《こうしょどう》をのぞいた武士《ぶし》が、気さくな調子で言いました。

「よお蔦重《つたじゅう》、画集を見たぞ。ありゃあ、いい出来だ」

「これは平沢《ひらさわ》様、ありがとうございます」

奥《おく》にいた重三郎はあわてて表に出ました。声をかけてきた男の後ろには、若《わか》い武士が四人ほど、落ちつかない様子で立っています。後輩《こうはい》を吉原に連れてきたのでしょう。

「店は決まっていますか？　私のほうで手配もできますよ」

平沢常富《つねとみ》はひらひらと手をふりました。

「ありがとうよ。だけど、もう予約をいれてあるんだ。予約しておくと、いろいろとお得《とく》なんでね」

「さすが、平沢様は吉原通ですね」

「よしてくれよ」

平沢は笑って立ち去ろうとし、ふと足をとめました。ふりかえって、重三郎に言います。

「今度、おれにも何か書かせてくれよ」

「私が出せるものでしたら、ぜひお願いします。遊女の評判記《ひょうばんき》などいかがでしょう。平沢様がいつも話しているような調子で書いていただけたら、きっとおもしろいものになりますよ」

平沢は眉《まゆ》をひそめます。

「そりゃあ、あれか。おれがいつもくだらないことばかり言ってるってことか？」

「ええ、そのとおり……いや、そんなことはありません。平沢様は立派《りっぱ》なお役目についているお侍《さむらい》様ですから……」

やりとりを聞いて、若い武士たちが声をあげて笑いました。その自然な様子を見ると、平沢は若者たちにしたわれているようです。

「まあいい。今、鱗形屋《うろこがたや》で春町《はるまち》と組んで洒落本《しゃれぼん》を書いてるんだ。その後で、遊女評判記を書こう。うん、そうと決まれば取材だな。明日、あらためて顔を出すよ」

平沢は早口で言うと、若者たちを引き連れて、吉原の大門へと向かっていきました。

この男こそ、恋川《こいかわ》春町とともに黄表紙のブームをつくりあげ、戯作《げさく》文学に名を残す朋誠堂喜三二《ほうせいどうきさんじ》です。戯作は、遊びで書かれた作品という意味で、黄表紙や洒落本などの読み物のことを指します。

喜三二はこの年、四十二歳《さい》です。出羽《でわ》国（今の秋田県、山形県）久保田藩《くぼたはん》の藩士で、江戸留守居《えどるすい》役をつとめています。江戸に住んで、幕府《ばくふ》や他の藩との連絡《れんらく》や情報交換《じょうほうこうかん》をおこなう役目です。

喜三二はよく言います。

「吉原に通うのは遊びじゃないぞ。他藩の藩士と交流し、情報を集めるという、大切な仕事なのだ」

どこまで本当やら、と重三郎は思いますが、喜三二は物知りで話がおもしろく、顔も広いので、吉原では大切にされています。喜三二自身はそれほど裕福《ゆうふく》ではないのですが、大商人や幕府の偉《えら》い役人をよく連れてくるため、どの店でも歓迎《かんげい》されるのです。

喜三二は恋川春町と仲が良く、これまでもコンビを組んで、洒落本を出しています。

恋川春町もまた武士で、駿河国《するがのくに》（今の静岡県中部）小島藩《おじまはん》の藩士です。本名を倉橋格《くらはしかく》といい、恋川春町という筆名は、小石川《こいしかわ》という地名と、絵師《えし》としてあこがれていた勝川春章《かわかつしゅんしょう》からとったと言います。

喜三二はよく遊び、よくしゃべりますが、仕事も早いです。重三郎が依頼《いらい》した原稿《げんこう》は、十日ほどで届《とど》けられました。吉原を日本に、店を国に、遊女を名所に見立てて解説《かいせつ》した本です。

重三郎は目をみはりました。

「おもしろい。あの人の才は別格《べっかく》だな」

単に遊女を紹介《しょうかい》するだけでなく、細かな表現《ひょうげん》で笑いを誘《さそ》うのです。教養があればあるほど、吉原を知っていればいるほど、楽しめる本になっています。

この本は『娼妃地理記《しょうひちりき》』という題名、道陀楼麻阿《どうだろうまあ》という筆名で、安永六年（西暦一七七七年）の正月に出版《しゅっぱん》されました。黄表紙や洒落本はたいてい正月に出ます。正月のおめでたい雰《ふん》囲気《いき》のなかで笑いを楽しもうというのです。

同じ正月に、朋誠堂喜三二が文を書き、恋川春町が絵を描いた黄表紙が、鱗形屋から出版されました。この本の出版により、朋誠堂喜三二という戯作者の名前が世に知られました。以後、平沢常富は朋誠堂喜三二という筆名をおもに使うようになります。

さて、『娼妃地理記』は耕書堂で売っています。それを買った客から、重三郎はよくたずねられました。

「『一目千本』を買いたいのだが、どこで売ってるんだい？」

「すみません、あれは売り物じゃないんですよ」

頭を下げる重三郎に、客は要求します。

「でも、北尾重政《きたおしげまさ》の絵を見たいんだよ。売り出してくれないものかね」

こういう声が多かったので、重三郎は考えました。『一目千本』は刷った本はほぼ配り終えていますが、木に彫《ほ》った版《はん》は残っているので、刷り直して売ることはできます。ただそれではすでに持っている常連《じょうれん》がおもしろくないでしょう。

「絵をそのまま使って別な本に仕立てるという手もあるか」

重三郎は朋誠堂喜三二、道陀楼麻阿こと平沢常富に相談しました。喜三二はなじみの店から『一目千本』を贈《おく》られているので、内容《ないよう》を知っています。

喜三二は頭をかきながら言いました。

「そうだな、花を生かすなら、華道《かどう》の本かな」

「華道ですか。私はそちらの面にはうといのですが、どなたかくわしい方をご存《ぞん》じですか」

「知らないよ」

自信たっぷりに喜三二はうなずきます。

「だが、やりようはいくらでもある。華道の師匠《ししょう》の名前とか経歴《けいれき》とかを適当《てきとう》につくって、絵にその師匠の俳句《はいく》でもそえればいい。序文《じょぶん》はおれが書いてやるよ。それで、華道の手引き書のできあがりだ」

重三郎は目を丸くします。

「つまり、でっちあげ、ということですか。それは、許《ゆる》されるのでしょうか」

「いいって。絵を見るためなんだから、文なんてなくてもいいくらいだ。吉原で売るなら、だれも誤解《ごかい》しない」

「たしかにそうですね」

重三郎は半信半疑《はんしんはんぎ》ながら同意しました。

喜三二の仕事は相変わらず早く、絵の版はすでにあるので、本づくりは順調に進みました。

そしてできあがったのが、『手毎《てごと》の清水《しみず》』です。喜三二のおかげで、客の期待にこたえる本を出版することができたのです。

同じ年、重三郎は新しい分野の出版にいどみます。それは、浄瑠璃《じょうるり》の一種、富本節《とみもとぶし》をあつかった本です。浄瑠璃というのは、三味線にあわせてセリフやストーリーを語る、音楽と芝居《しばい》があわさったような芸です。あやつり人形の劇《げき》とあわせた人形浄瑠璃も人気でした。その浄瑠璃のなかで、当時、流行していたのが、富本節です。

重三郎はこの富本節の太夫《たゆう》、つまり語り手と組んで、語りをつづった本を出版しました。さらに、富本節を聞くだけでなく、自分で語りたい、歌いたいという人が増《ふ》えてくると、稽古本《けいこぼん》を出すようになります。劇場《げきじょう》で人気の題目はとくによく売れました。

富本節の本は、新しい作品が上演《じょうえん》されるたびに出せて、定期的で安定した収入《しゅうにゅう》になります。

重三郎のねらいは、「吉原細見《よしわらさいけん》」の他に、店の経営《けいえい》を支《ささ》える柱をつくることでした。

地道な商売で資金《しきん》をため、地本問屋の株《かぶ》を買うのが目標です。

なので、駿河屋市右衛門《するがやいちえもん》から、その話を聞いたとき、重三郎は迷《まよ》いました。

「重三郎も、そろそろきちんと店をかまえてもいい頃合《ころあ》いだ。近くに空きが出るから、移《うつ》らないか？」

引《ひ》っ越《こ》して独立《どくりつ》しないか、というのです。引っ越し先は今の店の四軒隣《けんとなり》で、目と鼻の先です。店は広くなり、本をたくさん置けます。立派な店だと信用されて、商売がしやすくなるでしょう。店の奥の部屋でひとり暮《ぐ》らしもできます。しかし、そのぶん、家賃《やちん》はかなり高くなります。

「……少し考えさせてください」

重三郎が言うと、市右衛門は首をかしげました。

「めずらしく慎重《しんちょう》だな」

「いつだって私は慎重ですよ」

重三郎はやりたいことをやっているように見えて、根っからの商売人です。出ていくお金と入ってくるお金は、細かく計算しています。商売は賭《か》けではありません。一攫千金《いっかくせんきん》をもくろむのではなく、少しずつ利益《りえき》を積みあげて、一歩ずつ目標に近づきたいと考えています。ですから、引っ越しの決断《けつだん》は簡単《かんたん》にはできません。

次郎兵衛《じろべえ》に相談すると、例のおだやかな調子で言われました。

「私はどちらでも歓迎するよ。今のように、重三郎のお客がこっちに来てくれるのもありがたいし、応援《おうえん》している重三郎の店が大きくなるのもうれしい。やってみてだめなら、いつでも戻《もど》ってきてかまわない。重三郎の部屋はしばらく空けておくよ」

うれしい言葉でした。近頃《ちかごろ》では重三郎の仕事も増えて、本が場所をとっていますから、迷惑《めいわく》に感じるときもあるでしょう。それでも、次郎兵衛の態度《たいど》は変わりません。

重三郎は引っ越しを決めました。「吉原細見」の売れ行きが好調なので、家賃があがっても、赤字にはなりません。仕事を増やせば、資金もためられるでしょう。すぐ近くなので、引っ越しに手間はかかりませんでした。安永七年（西暦一七七八年）正月の「吉原細見」には、新しい店の位置を載《の》せられました。

こうして、一軒の店をかまえた重三郎でしたが、この安永七年は苦難《くなん》の年になりました。

2

夏のある日の夕方です。重三郎《じゅうざぶろう》は店の奥《おく》で湯漬《ゆづ》けをかきこんでいました。

江戸《えど》時代の一般的《いっぱんてき》な食事は一日三食になっています。江戸の町人は朝にまとめて米を炊《た》き、それを三食に分けて食べます。朝は味噌汁《みそしる》をつくり、昼は魚や豆腐《とうふ》、野菜などを使ったおかずを並《なら》べます。夕食のころにはご飯が冷えているので、茶や湯をかけ、漬《つ》け物といっしょに食べていました。

まだ独《ひと》り身の重三郎は、商売上のつきあいもあって、外食することが多いのですが、この日は家で夕食をとっていました。ひとりのときはたいてい、質素《しっそ》な食事です。

そこへ、朋誠堂喜三二《ほうせいどうきさんじ》がたずねてきました。

「蔦重《つたじゅう》はいるかい？」

呼《よ》ばれた重三郎ははしをとめて立ちあがりました。ほおの飯粒《つぶ》をぬぐい、笑みを浮《う》かべて表に出ます。

「こんな時刻《じこく》にめずらしいですね。おもしろい話でも思いつきましたか」

喜三二は額《ひたい》に汗《あせ》の玉を浮かべていました。顔色が悪いようです。

「まずはおすわりください」

重三郎は急いで水をとりに行きました。いつもなら、「水ですか、酒ですか」とたずねるところですが、そのような雰囲気《ふんいき》ではありません。

喜三二は重三郎から椀《わん》を受けとると、水を一気に飲み干《ほ》しました。そして、大きなため息をつきます。

「まずいことになった」

ふだんは赤ら顔の喜三二ですが、この日は青ざめています。重三郎の胸に不安がこみあげてきました。

喜三二が質問を待たずに言います。

「鱗形屋《うろこがたや》が盗《ぬす》みの疑《うたが》いをかけられている」

「何ですって!?」

重三郎は目をみはりました。鱗形屋とは、ぎこちないながら、貸本《かしほん》の仕入れなど仕事上の関係はつづいています。お金に困《こま》っている様子はありません。

「鱗形屋さんの商売はうまくいっているはずです。まさかそんなまねをするとは思えません」

「おれもそう思う。孫兵衛《まごべえ》は盗みを働くような悪人ではない。めったにおごってくれないがな。いや、おまえさんみたいに、毎回吉原《よしわら》に連れて行ってくれとは言わんが、飯くらいご馳走《ちそう》するべきだろう。おれはあのけちんぼにかなりもうけさせているぞ」

勢《いきお》いこんで言ったあと、喜三二は我《われ》に返って咳払《せきばら》いをしました。

「えーと、それはともかくだな、実は、さる大名家がからんでいる事件《じけん》なのだ。無事ではすむまい。お上は鱗形屋とつながりのある店や職人《しょくにん》も調べるそうだ。おまえさんも事情《じじょう》をきかれるかもしれん」

重三郎は言葉を失いました。

「おれはこれ以上は言えないが、商売にも悪い影響《えいきょう》がないともかぎらん。しばらくおとなしくしておいたほうがいいだろう」

「……わかりました。知らせていただいてありがとうございます」

やっとのことで、重三郎はそう言いました。

さすがの喜三二も事情をおおっぴらには話せないようです。幕府《ばくふ》や大名家の不祥事《ふしょうじ》を言いふらせば、どんなわざわいにまきこまれるかわからないので、無理もありません。

重三郎は半月ほどかけて、吉原でうわさを集めてみました。それによると、かなり重大な事件のようです。

黄表紙が流行しているおかげで、鱗形屋孫兵衛は大名家にも得意《とくい》先が多く、いくつかの藩《はん》の江戸屋敷《やしき》によく出入りしていました。数カ月前のことですが、そのうちのひとつ、親しくなったとある藩の武士《ぶし》から、宝《たから》を質《しち》に入れて金を借りるよう頼《たの》まれました。お得意様の武士の頼みなので、孫兵衛は引き受けましたが、その宝が、実は主君から盗んだものだったのです。そのため、孫兵衛は盗みの共犯《きょうはん》とみなされていました。重い罰《ばつ》が予想されており、鱗形屋はもう終わりだという声もあります。

喜三二の言うとおり、重三郎も取り調べを受けました。

「蔦《つた》屋《や》重三郎だな」

声をかけられたのは、耕書堂《こうしょどう》近くのそば屋で、次郎兵衛《じろべえ》といっしょにそばをたぐっているときです。

重三郎がはしを置いてふりむくと、黒い羽織《はおり》を身につけた同心《どうしん》がにらんでいました。同心というのは、町奉行所《まちぶぎょうしょ》につとめる武士で、現代《げんだい》の刑事《けいじ》のような役割《やくわり》を果たしています。町奉行、与力《よりき》の下の地位にあたります。

「何か御用《ごよう》でしょうか」

重三郎はどきりとしました。同心を前にして、平然としていられる町人はほとんどいないでしょう。

目の前の同心は、四十歳《さい》くらいで、堂々とした体格《たいかく》をしています。腰《こし》に差した大小の刀が威《い》圧感《あつかん》を与《あた》えています。

同心の後ろには目明《めあか》し（岡引《おかっぴき》）がひとり、したがっていました。中年の人相の悪い男です。目明しは同心が雇《やと》っている助手や子分のようなもので、犯罪《はんざい》の捜査《そうさ》を手伝っていますが、もともとは盗《ぬす》っ人《と》など犯罪者《はんざいしゃ》であることも多いといいます。

同心が冷たい視線《しせん》を重三郎に突《つ》き刺《さ》しました。

「聞きたいことがある。奉行所まで来てもらおう」

次郎兵衛が確認《かくにん》します。

「鱗形屋さんの件《けん》ですか？」

同心は次郎兵衛をにらんだだけで、何も答えませんでした。重三郎の腕《うで》をつかんで引《ひ》っ張《ば》っていきます。

「いたっ」

重三郎は思わず声をあげました。

「ついていきますから、はなしてください」

同心はふん、と鼻を鳴らすと、跡《あと》がつくほど強く腕を握《にぎ》ってから、乱暴にはなしました。その敵意《てきい》に満ちた様子に、重三郎はとまどっています。まるで重罪人《じゅうざいにん》のようなあつかいなのです。

奉行所では、鱗形屋について聞かれました。孫兵衛が他に悪事を働いていないか、商売で不正をおこなっていないか、問いつめられます。

重三郎が知るかぎり、鱗形屋は自分に有利な条件《じょうけん》で商売をしていましたが、それは不正ではありません。重三郎は正直に答えました。

「不正など知りません。鱗形屋さんはまっとうに商売をしていました。信じてください」

ですが、同心は聞く耳を持ちません。

「罪人はみなそう言う」

同心はいきなり重三郎のほおをなぐりつけました。ふいを打たれた重三郎はまともにくらって、ひざから崩《くず》れ落ちてしまいます。口のなかに血の味がしました。

「おまえもどうせ、吉原でいんちきな商売をしているのだろう」

「誓《ちか》って、そのようなことはございません」

答えると、またこぶしが飛んできました。重三郎はよけようとしましたが、間に合いません。この時代の取り調べでは、暴力《ぼうりょく》が当たり前です。しかし、重三郎はとくに罪《つみ》をおかしたわけではありません。どうしてこのような目にあうのか。腹《はら》を立てながらも、とにかく否定《ひてい》しつづけました。

「強情《ごうじょう》なやつだ」

同心がさらになぐってきます。重三郎は手で顔をおおいますが、防《ふせ》ぎきれません。連続でなぐられて、ほおがはれあがりました。

「人の罪なんだから、さっさと白状《はくじょう》しろ」

「だから、何も知らないんです」

重三郎はどれだけ痛《いた》めつけられても、鱗形屋に罪を着せようとは思いませんでした。商売人は信用第一ですから、嘘《うそ》はつきたくありませんし、何より暴力に負けるのは絶対《ぜったい》に嫌《いや》です。

同心が重三郎を蹴《け》り倒《たお》したところで、仲間が止めに入りました。

「そいつにはとくに疑いはかかっていないだろう。そこまでやる必要はあるまい」

「けっ。吉原のやつらは汚《きたな》いことをやってるに決まってるんだ」

同心は吐《は》き捨《す》てました。そこでようやく、重三郎は解放《かいほう》されました。

とぼとぼと歩いてきて、吉原の灯りが見えるとほっとします。大門に向かう通りには、化粧《けしょう》の香りがほのかにただよっていて、重三郎の心をほぐしてくれます。

重三郎の顔には青あざができていますが、けんかの多い江戸のことですから、気にする人はいません。ただ、次郎兵衛は別です。重三郎の姿《すがた》を見て、店先から駆《か》けよってきました。

「ひどくやられたね。でも、とにかく帰ってきてよかった。こっちで手当てをしよう」

次郎兵衛は重三郎の背中《せなか》に手をまわして、自分の店にみちびきました。下働きの娘《むすめ》が薬をぬってくれます。そのあいだに、次郎兵衛が調べたことを語りました。

「あの同心は、どうも吉原にうらみをもっているらしい」

江戸には北町と南町、ふたつの奉行所があって、月ごとに交替《こうたい》して役目を果たしています。

例の同心は、北町奉行所の長山新蔵《ながやましんぞう》といって、かつては吉原の常連《じょうれん》だったそうです。ある遊女を気に入って、身請《みう》けしようとしていたのですが、金が用意できたときには、その遊女はすでに大店《おおだな》の商人に身請けされて、後妻《ごさい》になっていました。遊女はとくに長山を好いておらず、約束などはしていなかったそうです。

「それだと、別にだれも悪くないですよね」

重三郎が眉《まゆ》をひそめたのは、傷《きず》が痛いからです。

「うん、だけど、運が悪いことに、その遊女はまもなく病で亡《な》くなってしまったんだ」

すると、商人はすぐに別の遊女を身請けしました。これに、長山が激怒《げきど》したのです。

「女をものあつかいしやがって！　だれでもよかったのか。おれなら彼女《かのじょ》を幸せにしてやれたのに！」

ですが、商人は大物で、幕府の高官や大名とのつきあいもあって、同心には手が出せません。

そこで長山は吉原にうらみを向け、事あるごとに嫌がらせをするようになったのだそうです。

話し終えた次郎兵衛は、ため息をつきました。

「……というわけだ。腹を立てる気持ちはわからなくもないけど、弱い者に当たるのはひどいね。重三郎に罪はないからねえ」

「そうですよ」

重三郎は声に怒《いか》りをこめました。吉原の宿敵《しゅくてき》ともいえる人物に、目をつけられてしまったようです。

「駿河屋《するがや》さんや親父が、幕府のお偉《えら》いさんと親しいから、めったなことにはならないと思う。だけど、しばらくはあまり出歩かないようにしたほうがいいね」

次郎兵衛が言うには、事件そのものは大名家の問題なので、町奉行所の担当《たんとう》ではありませんが、長山は町人に対する捜査を手伝いながら、他の罪をさがしているのではないか、ということです。重三郎に少しでもあやしいところがあれば、大きな罪をでっちあげられてしまうかもしれません。

「私は負けませんよ」

重三郎は痛みに顔をしかめながら、こぶしを握りしめました。

しかし、重三郎が事件に関係しているといううわさが流れたため、職人たちに仕事を断《ことわ》られるようになってしまいます。出版点数《しゅっぱんてんすう》は大きく減《へ》りました。

鱗形屋孫兵衛は、やはり盗品《とうひん》の売買を助けた罪に問われるようです。鱗形屋の信用はなくなり、職人たちがはなれて、予定していた出版ができなくなりました。鱗形屋が出版する本が減ったので、重三郎の貸本の商売にも影響が出ています。

引《ひ》っ越《こ》して家賃《やちん》があがったのに、売上げが減ったので、蔦屋にとっては大打撃《だいだげき》です。

「戻《もど》ってくるかい？」

次郎兵衛が声をかけてくれましたが、重三郎は首を横にふりました。

「いや、もう少しがんばってみます。まだ赤字にはなっていませんから」

負けず嫌《ぎら》いの重三郎ですが、単に意地を張《は》っているのではありません。店をたたんだら、さらに悪いうわさが広まってしまうとおそれたのです。

「そうか。おまえさんがそう考えるなら、それが正解《せいかい》だな」

次郎兵衛にはげまされて、重三郎は困難《こんなん》に耐《た》えました。じっと力をためて、飛躍《ひやく》のときを待ちます。

鱗形屋孫兵衛は、期限《きげん》つきの江戸所払《ところばら》い、すなわち江戸追放の処分《しょぶん》を受けました。安永《あんえい》八年(西暦《せいれき》一七七九年)のことです。

江戸を去るとき、孫兵衛は耕書堂まで重三郎に会いにきました。

「話は聞いたよ。例の同心に痛めつけられても、私をかばってくれたそうだな」

「鱗形屋さんには恩《おん》がありますから」

孫兵衛は苦笑します。

「恩知らずではないということか……」

しばらく沈黙《ちんもく》したあと、孫兵衛は口を開きました。

「私がいなければ、うちの店はしばらく新しい本は出せない。地本問屋の仲間には話を通しておくから、うちの代わりに本を出すといい」

「どういう意味でしょうか」

重三郎はとまどいました。孫兵衛はさびしそうに笑います。

「そのままの意味だ。平沢《ひらさわ》様……喜三二さんは書きたがっている。北尾《きたお》先生もそうだ。職人だって、仕事がないと困る。だから、おまえに出させてやるんだ。もちろん、江戸で売ることもできる」

偉そうな言い方は引っかかりますが、それはまさに重三郎がやりたいと思っていた仕事です。孫兵衛の処分が決まったので、重三郎の疑いは晴れました。職人たちに仕事を断られることはありません。なので、吉原で売る本を、喜三二に書いてもらおうと思っていたところでした。しかし、それどころか、鱗形屋の代理として、江戸で売る黄表紙を出せるというのです。

「ありがたい話ですが、どうして私に？」

孫兵衛は心労のせいか、少しやせたようです。それでも充分《じゅうぶん》に肉が厚《あつ》いあごをなでて、「吉原のこぞう」に告《つ》げました。

「いつか言っただろう。本屋は才能《さいのう》を見つけるのが仕事だ。そして、才能を見つけたら、伸《の》ばしてみたくなるものだ」

孫兵衛は重三郎に商売の才能があるとも言っていました。だから、重三郎に出版をさせてみる、ということでしょうか。

「それに、喜三二さんも北尾先生も、おまえと仕事をしたいとおっしゃっていた。だから、まあ、せいぜいがんばるのだな」

重三郎は感激《かんげき》で胸《むね》がいっぱいになりました。

「はい、がんばります」

重三郎は深く頭を下げて、孫兵衛を見送ったのでした。

3

重三郎《じゅうざぶろう》はその夜、朋誠堂喜三二《ほうせいどうきさんじ》と北尾重政《きたおしげまさ》を呼《よ》んで、吉原《よしわら》で宴会《えんかい》を開きました。うまい酒とぜいたくな食事でもてなし、改めて黄表紙の執筆《しっぴつ》と絵を依頼《いらい》します。作家や絵師《えし》、それから職《しょく》人《にん》に対し、重三郎は金を惜《お》しみません。まだ無名の本屋ですから、蔦屋《つたや》と仕事をしたいと思われるために、けちではいられないのです。

料理は鯛《たい》の焼き物を中心に、里芋《さといも》やかぶを煮《に》たもの、卵焼《たまごや》き、かまぼこなど、色とりどりで、それぞれの料理に手のこんだ細工がほどこしてあります。酒も上方の名酒を注文しました。

酒の注がれたさかずきを片手《かたて》にして、喜三二は上機嫌《じょうきげん》です。

「鱗形屋《うろこがたや》は気《き》の毒《どく》だったが、処分《しょぶん》は軽くすんだと言っていい。また戻《もど》って商売もできる。それまでは重三郎のところで書かせてもらうよ。かわりに、吉原でこうして遊ばせてもらってな」

次作の構想《こうそう》について、喜三二はとどまることなく話しつづけます。

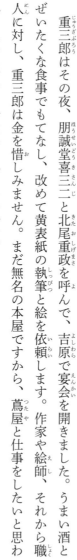

「……というわけで、次の正月には三冊《さつ》は出せるかな。絵は北尾先生に頼《たの》むよ。春町《はるまち》は本業が忙《いそが》しくてしばらく描けないようだから」

喜三二とともに黄表紙を盛《も》りあげている恋川《こいかわ》春町は、文も絵も書きますが、喜三二は文だけです。喜三二が文を書き、春町が絵を描いた黄表紙は人気を博していますが、まじめな春町は藩《はん》の役目に追われていて、最近は戯作《げさく》の仕事を減《へ》らしていました。

黙《だま》って酒を飲んでいた重政が、遠慮《えんりょ》がちに告《つ》げました。

「私も描くが、うちの若《わか》いのを使ってやってくれないか」

「政演《まさのぶ》先生ですね。ぜひ！」

重三郎は勢《いきお》いこんで言い、重政のさかずきに酒を注ぎます。

北尾政演は、江戸《えど》の町人で、北尾重政の弟子です。まだ十九歳《さい》と若いのですが、天才的な感覚をもっていて、達者な絵を描きます。蔦屋では、富本節《とみもとぶし》本の表紙を描いてもらったことがあります。

「うむ、絵のほうはまだ修業《しゅぎょう》の身だが、平沢《ひらさわ》様の戯作がよくわかっているようなのだ。きっとふさわしい絵が描けると思う」

重政の言葉に、喜三二は興味《きょうみ》をそそられたようです。

「ほほう、おれの笑いがわかるか。だったら、春町のように、自分で文を書いてみるのもいいかもしれんな。まだ十九なら、もう少し人生経験《けいけん》を積んでからになるだろうが。なんだったら、おれが遊びをいろいろ教えてやろうか」

「いいですね」

重三郎は同意しましたが、重政は眉《まゆ》をひそめています。

「心配するなって」

喜三二が重政の肩《かた》をたたきましたが、少し強すぎたようで、さかずきの酒がこぼれてしまいました。重三郎がすばやく布巾《ふきん》をとって、着物を拭《ふ》きます。

「あ、悪い。しかし、暴《あば》れん坊《ぼう》の酒だな」

「酒に罪《つみ》はないでしょう」

重政は苦笑しました。

「実は、政演のやつは若いながら、遊び好きなのです。平沢様といっしょだとどうなるか、いささか心配です」

喜三二は大口を開けて笑います。

「そいつは楽しみだ。重三郎、明日でも明後日でもいいから、席を用意してくれ」

「かしこまりました」

うなずきながら、重三郎は半分あきれています。

このようにして、安永《あんえい》八年（西暦《せいれき》一七七九年）のうちに、何冊もの黄表紙の制作《せいさく》が進みました。

安永九年（西暦一七八〇年）、重三郎は十点もの黄表紙を出版《しゅっぱん》します。そのうちの三点が朋誠堂喜三二の作で、他にも喜三二が紹介《しょうかい》してくれた作家の作品が並《なら》びました。また二点は、以前に吉原で売っていた本を黄表紙として出し直したものです。鱗形屋の代わりに地本問屋として出版したため、これらの黄表紙は江戸の本屋でとりあつかってもらえます。

「梅乃《うめの》さんにも読んでもらいたかった」

重三郎は刷りあがった黄表紙を手にして、つぶやきました。

「しかし、こんなかたちで夢《ゆめ》がかなうとはなあ」

鱗形屋の災難《さいなん》を思うと、複雑《ふくざつ》な気持ちになります。ただ、遠慮するつもりはありません。与《あた》えられた機会を最大限《さいだいげん》に生かして、やりたい仕事をどんどんやっていこうと思います。

重三郎はこの年、往来物《おうらいもの》の出版にも乗り出しました。往来物というのは、寺子屋などで使う、言わば教科書です。手紙の文例集からはじまったことから、手紙の往信《おうしん》来信からとって、往来物と呼びます。

往来物の出版も地本問屋だからできる事業で、一点あたりの利益《りえき》は少ないのですが、定期的な収入《しゅうにゅう》になります。富本節本と同じく、経営《けいえい》の安定をねらった策《さく》でした。

喜三二の黄表紙はよく売れました。重三郎は本に広告《こうこく》を載《の》せているので、蔦屋と耕書堂《こうしょどう》の名前も江戸中の本好きの間にみるみる広まります。

「蔦屋というのははじめて聞くが、たくさん本を出しているようだな」

「『吉原細見《よしわらさいけん》』を出している店だよ。あちらでは有名さ」

そのような会話は江戸のあちこちでかわされていました。

重三郎は必死です。多くの本を出して、多く売る。それ自体が、店の宣伝《せんでん》になり、作家と絵師の宣伝になります。蔦屋の評判《ひょうばん》があがれば、蔦屋の本を買いたい、蔦屋で本を出したい、という人が増《ふ》えます。そうなれば、本はさらに売れ、店は大きくなります。よい流れがつづいていくのです。

おそらく三、四年したら、鱗形屋孫兵衛《まごべえ》が許《ゆる》されて戻ってきます。そのときまでに、地本問屋の株《かぶ》を買って仲間入りしないと、黄表紙や往来物は出せなくなります。

目標であった地本問屋としての出版が、意外な展開《てんかい》で実現《じつげん》した重三郎ですが、これに満足して歩みをとめるわけにはいかないのでした。

この安永九年の夏、重三郎は次の正月の黄表紙出版に向けて準備《じゅんび》を進めていました。まず喜三二ら作家と話して内容《ないよう》を決め、絵師を決め、彫《ほ》り師《し》など職人を手配します。すべての工程《こうてい》において、スケジュールは余裕《よゆう》をもって定めます。喜三二はやたら仕事が早いのですが、それ以外の者たちは締切《しめきり》に遅《おく》れることが多いのです。

そうしたある日、北尾重政が耕書堂をたずねてきました。後ろにひとりの男がくっついています。

「急な話で悪いが、この男の面倒《めんどう》をみてやってくれないか」

重政は背後《はいご》の男を重三郎の前に押《お》し出しました。

年のころは二十代の後半といったところでしょうか。町人のようですが、すりきれそうな着物を着ており、まげも乱《みだ》れていて、あまり裕福《ゆうふく》ではなさそうです。小柄《こがら》ながら、顔が大きく、目つきがするどいのが印象《いんしょう》的でした。

「……北川豊章《きたがわとよあき》と言います」

男はぼそぼそと告げました。顔をあげて、にらむように重三郎を見つめています。

「あいそがなくてすまない」

重政が言って苦笑しました。

「仲のいい鳥山石燕《とりやませきえん》の弟子で、私もたまに教えている。西村屋《にしむらや》で黄表紙の絵を描いていたのだが、どうも主人と合わないらしい」

西村屋与八《よはち》は鱗形屋孫兵衛の息子です。重三郎とは錦絵《にしきえ》をめぐる因縁《いんねん》がありました。

重政がつづけます。

「才能《さいのう》はあると思うが、このとおり、人づきあいは苦手だ。重三郎さんならうまくあつかえると思ったのだが、迷惑《めいわく》だろうか」

「迷惑だなんて、とんでもない」

重三郎は大きく手をふりました。

「豊章さんは存《ぞん》じていますよ。今年の正月は四冊の本にさし絵を描いてますね」

豊章は無言ですが、かすかに目をあげました。重三郎が知っていたことに満足したようです。

鳥山石燕は妖怪《ようかい》の画集が評判となった絵師で、恋川春町の師匠《ししょう》です。北尾重政とは俳句《はいく》友達で、絵の技法《ぎほう》についても語り合っており、互《たが》いの弟子にも助言をおこなっていたそうです。重政は面倒見《めんどうみ》がいいので、友人の弟子を放っておけないのでしょう。

「まだ若いのに、これだけ仕事があるのは立派《りっぱ》です。私のほうでもぜひお願いします」

重三郎は言いながら、内心で疑問《ぎもん》を持っていました。豊章は、黄表紙のさし絵画家としては、まだ駆《か》け出《だ》しといったように見受けられます。西村屋与八も将来性《しょうらいせい》を見こんで仕事を任《まか》せているのだと思えるのですが、どこに不満があるのでしょうか。

「……おれが一番だ」

豊章がつぶやきました。

「え？　何とおっしゃいました？」

聞きとれなかった重三郎が確認《かくにん》しても、豊章は口をつぐんでいます。重政が代わりに説明しました。

「こいつは自分が一番うまいと思っている。しかし、西村屋にはもうひとり、期待の新人がいるのだ。どうもそちらのほうが目をかけられているらしい」

「なるほど、よくわかりました。たしかにすばらしい才能ですから、無理もないですね」

豊章は自分が二番手であることが、我慢《がまん》できないようです。

重三郎は困《こま》ったな、と思いました。豊章に才能があることはまちがいありません。ただ、今のところ、まだ充分《じゅうぶん》にそれを発揮《はっき》できていないようです。黄表紙のさし絵画家として見た場合、重政の若い弟子、北尾政演のほうが力は上でしょう。豊章はまだ技術《ぎじゅつ》を高めなければなりませんし、得意《とくい》な分野を見つけてあげなければなりません。後者は重三郎の仕事になります。

この絵師を「一番」にすることが、自分にできるでしょうか。

豊章は相変わらず、するどい視線《しせん》を重三郎に向けています。怒《おこ》っているわけではなく、じっと観察しているようです。心の奥底《おくそこ》まで見通されているようで、落ちつかない気分になってきます。

しかし、この、人を観察する視線は、絵師にとって必要かもしれません。

「まずは正月に出す本のさし絵をお願いしましょうか」

重三郎が言うと、重政はほっと息をつきました。

「ありがたい」

ただ、豊章はいまだ無言です。

重三郎はやわらかな口調で説得《せっとく》しようとします。

「そこからはじめて、自分に合う分野を見つけて、そこで一番になればいいのではありませんか？　あせることはないですよ」

「いや、すぐに一番になりたい。早く師匠を超《こ》えたい」

豊章はわがままですが、今の時点で師匠に及《およ》ばないことはわかっているようです。

重三郎はいらだちをおさえてうなずきました。

「わかりました。いっしょにがんばりましょう」

ぼそぼそと、豊章がつぶやきました。礼を言ったのでしょう。

「さすが重三郎だ」

重政が感心します。

「将来有望な絵師ですから、大切にしますよ」

重三郎は自分に言い聞かせるように告げました。おそらく、西村屋与八は才能よりも性格《せいかく》の面で見限《みかぎ》ったのでしょう。ただ、芸術家《げいじゅつか》には気難《きむずか》しい者が多いとも聞きます。自信を持つのは大切なことです。

「では、土間の片《かた》すみにでも住まわせてやってくれ」

重政が言ったので、重三郎は思わず目を見開きました。仕事だけでなく、生活の世話までしなければならないとは、考えていませんでした。

豊章は土間のすみっこにすわりこんで、風呂敷《ふろしき》づつみをおろしています。絵を描く道具でしょうか。

重政はかすかに微笑《ほほえ》んでいます。してやられたようです。

「仕方ありません。面倒をみましょう」

このころ、重三郎はすでに結婚《けっこん》していました。重三郎は作家や絵師とのつきあいで、外食したり、吉原に行ったりすることが多いので、あまりいい夫とはいえません。それでも、妻《つま》は重三郎を支《ささ》えてくれています。

また妻に迷惑をかけてしまうな、と重三郎は思いました。とりあえず、本で埋《う》まっている空き部屋をかたづけて、居候《いそうろう》の部屋をつくらなければなりません。

こうなったら、絶対《ぜったい》に豊章を江戸で一番の絵師に育ててみせる。重三郎は半分やけくそのように、神仏《しんぶつ》に誓《ちか》いました。

蔦屋でのはじめての仕事、黄表紙のさし絵を描いた北川豊章は、名前を変えます。「歌麿《うたまろ》」というのが、新しい名前でした。

4

安永《あんえい》十年（西暦《せいれき》一七八一年）、この年は四月に年号が変わって天明《てんめい》元年となりますが、まだ安永だった一月のことです。

『菊寿草《きくじゅそう》』という、出版《しゅっぱん》されたばかりの本を開いた重三郎《じゅうざぶろう》は、喜《よろこ》びの声をあげました。

「蔦屋《つたや》が載《の》ってる！」

『菊寿草』は大田南畝《おおたなんぽ》による、黄表紙の評判記《ひょうばんき》です。その年に出版された黄表紙を、ジャンル別にランキング形式で批評《ひひょう》した本で、本屋や作家、絵師《えし》も紹介《しょうかい》されています。元の形式は役者の評判記で、そのパロディという意味合いもあります。

蔦屋は地本問屋として八番目に名をあげられ、他の有力な板元と並《なら》べられていました。さらに、朋誠堂喜三二《ほうせいどうきさんじ》作、北尾重政《きたおしげまさ》絵、蔦屋発行の黄表紙『見徳一炊夢《みるがとくいっすいのゆめ》』が最高の評価《ひょうか》を与《あた》えられていたのです。

大田南畝は、下級の武士《ぶし》の生まれで、幕府《ばくふ》の役人をしながら、随筆《ずいひつ》、評論《ひょうろん》、狂歌《きょうか》、漢詩、戯作《げさく》など、様々な分野の文章で才能《さいのう》をしめした人です。この年、三十三歳《さい》ですが、はじめての本を出したのが十九歳のときで、文人の世界ではすでに名前は知れわたっています。その名前ですが、四方赤良《よものあから》、蜀山人《しょくさんじん》、寝惚先生《ねぼけせんせい》などを、手がけるジャンルによって使い分けています。

「大田先生に認《みと》められた、認められた！」

重三郎は感激《かんげき》のあまり、手にしていた本をぐちゃぐちゃに握《にぎ》りしめてしまいました。それに気づいて、あわてて本を開き、しわを伸《の》ばします。

一般《いっぱん》にはまだ無名の蔦屋です。大田南畝はその点にふれながらも、吉原《よしわら》では有名だと解説《かいせつ》します。自分の仕事を見てくれている人がいた、と知って、重三郎はうれしくてたまりません。

「さっそくお祝いをしないとな」

重三郎は喜三二と重政を呼《よ》んで酒と料理でもてなしました。そこで喜三二にたずねます。

「大田先生にお礼を申しあげたいのですが、会ってもらえるでしょうか」

「そりゃあ、これだけ褒《ほ》めてるんだから、追い返しはしないだろう。おれも会ったことはあるが、重政みたいに気難《きむずか》しいやつじゃない」

重政はちらりと喜三二に目をやりましたが、反論《はんろん》はしません。反論しようものなら、十倍にして返されるので、静かに酒を飲んでいるほうがましなのです。

「じゃあ、手紙を書いてみます」

翌日《よくじつ》、重三郎はさっそくお礼の手紙を書きました。本屋のつてを頼《たよ》って、届《とど》けてもらいます。

ちなみに、大田南畝は平賀源内《ひらがげんない》とも交流がありましたが、このとき、源内はすでに亡《な》くなっていました。

幸い、南畝は会ってもいいと言ってくれたので、重三郎は屋敷《やしき》をたずねました。手みやげに選んだのは桜餅《さくらもち》です。

「おまえさんがうわさの蔦重か。思ったより若《わか》いねえ」

南畝は重三郎に興味《きょうみ》のこもった視線《しせん》を投げかけました。

重三郎は初対面の人から、若いと言われることがよくあります。肌《はだ》がつるりとしていて、童顔だからでしょう。商人として経験《けいけん》が足りないと思われているようで、本人は複雑《ふくざつ》な気持ちです。

一方の南畝は、重三郎と一歳しか変わらないのですが、文筆家として長く活躍《かつやく》しているだけあって、威厳《いげん》があります。体形はどちらかというとやせ気味で、飲むのも食べるのも好きだというのが意外に思えます。

「うわさの蔦重ですか。悪いうわさでないとよいのですが」

「悪いうわさは勢《いきお》いのある証拠《しょうこ》だ。遊女の言う『悪い男』と同じで、褒め言葉と思っておればよい」

はあ、と重三郎は間の抜《ぬ》けた返答をしてしまいました。「悪い男」というのは、単なる悪人ではなく、「遊び慣《な》れた色男」のような意味合いがあります。言葉遊びが好きな南畝らしい反《はん》応《のう》です。

重三郎は、このままでは知恵《ちえ》がないと思われると考え、あわてて言いました。

「先生のおかげで、さらに蔦屋の名が広まりました。ありがとうございます。この、よく伸びる餅のように長いおつきあいができればと思っています」

「たしかに、桜のようにすぐに散っては困《こま》るだろうな」

南畝は微笑《びしょう》しました。

「今はいい世だ。おおむね、書きたいものが書ける。いずれ、おまえさんの世話になることがあるかもしれん。よろしく頼《たの》むよ」

「はい、先生の御用《ごよう》でしたら、何でもうけたまわります。吉原にいらっしゃるときはおっしゃってください」

「ああ、それは大いに期待している」

南畝はほおをゆるめます。

「ところで、おまえさんは狂歌はやるかい？」

狂歌というのは、日常《にちじょう》や身近なことなどを題材に、洒落《しゃれ》やユーモアをきかせて詠《よ》む歌です。形式は短歌の五七五七七になり、古い和歌をもじった歌もよく詠まれます。江戸《えど》時代では当初、大坂ではやっていましたが、このころ、江戸でも流行のきざしが見えてきました。その中心にいるのが大田南畝で、狂歌では「夜《よ》もすがら」をもじった四方赤良という名前を使っています。

四方赤良作の狂歌には、次のようなものがあります。

〈朝もよし昼もなおよし晩《ばん》もよし　そのあいあいにチョイチョイとよし〉

酒はいつ飲んでもおいしい、という意味です。

〈今さらに何か惜《お》しまむ神武《じんむ》より　二千年来暮《く》れてゆく年〉

神武というのは伝説上の初代天皇《てんのう》です。神武以来、二千年もくりかえしているのだから、暮れゆく年を今さら惜しむことはない、という意味になります。

狂歌の精神《せいしん》は、黄表紙や洒落本につながります。重三郎も板元として、興味を持っていました。

「これからやってみたいと思っています」

「それなら、私が名前をつけてあげよう」

狂歌を詠む人たちは、こっけいな狂歌名をつけたがります。重三郎は喜んでうなずきました。

「ぜひお願いします！」

「では考えておこう」

こうして、重三郎はまた頼もしい仲間を得《え》ました。


翌年《よくとし》、天明二年（西暦一七八二年）も、蔦屋は六点の黄表紙を出版しました。朋誠堂喜三二の三点をはじめ、恋川春町《こいかわはるまち》の作品もあります。

恋川春町は喜三二の親友とは思えないほど、まじめな人柄《ひとがら》でした。武士ではありますが、町人の重三郎にも気をつかって、礼儀《れいぎ》正しく接《せっ》してくれます。一度など、屋敷をたずねた重三郎にみずから茶を運んできました。

「おそれ多いです。恋川様は人気の作家で絵師なのですから、もっといばっていてください」

重三郎が困って言うと、春町は苦笑しました。

「そういうのは性《しょう》に合わないなあ。蔦屋さんこそ、堂々としていればいい」

春町の言葉にも一理あります。江戸時代は、作家や絵師よりも板元が強い立場にありました。絵師には画料が支払《しはら》われますが、北尾重政のような人気の絵師でも、裕福《ゆうふく》な生活ができるほどではありません。作者には原稿料《げんこうりょう》は支払われず、むしろお金を払《はら》って出版してもらうことが少なくありませんでした。蔦屋でも、料金をとって、持ちこみの原稿を出版したことがあります。

古くからの板元には、頭の固い人もいます。

「板元が原稿をお願いするなんておかしい。書きたい人が頼みに来ればいいんだ」

重三郎はそう言われ、業界の慣習《かんしゅう》を乱《みだ》すな、と怒《おこ》られました。

しかし、出したい本があれば、いっしょに仕事をしたい作家がいれば、頭を下げて頼むのが当たり前ではないでしょうか。いずれは作者にもお金を払うべきではないか、と重三郎は考えています。

喜三二や春町が蔦屋で仕事をしてくれるのは、重三郎のそういう気持ちが伝わっているからでしょう。

この年も大田南畝は黄表紙の評判記を出しました。喜三二と重政のコンビや春町の作品が高く評価されていましたが、重三郎の目を引いたのは、山東京伝作《さんとうきょうでん》、北尾政演《まさのぶ》絵の『御存商売物《ごぞんじのしょうばいもの》』が南畝の心をとらえていたことです。山東京伝というのは北尾政演の別名でして、つまり、政演は恋川春町のように、自分で話を書いて絵をつけたのです。

『御存商売物』は老舗《しにせ》の地本問屋、鶴屋《つるや》の出版です。北尾政演は数年前から、絵だけでなく文も書いていますが、重三郎は絵のほうで天下をとれる才能だと考え、他の作者のさし絵を頼んでいました。

しかし、『御存商売物』を読んだ重三郎は、正直に言って、やられた、と感じました。内容《ないよう》は、赤本や青本、洒落本、「吉原細見《よしわらさいけん》」などの出版物《しゅっぱんぶつ》を擬人化《ぎじん》、つまり人間として描いて、出版業界をおもしろおかしく語った作品で、とにかく読んでいて楽しいのです。事情《じじょう》をよく知っているだけに、くすりと笑えるところもあれば、大きくうなずくところもあります。重三郎をモデルにしたと思われるキャラクターも登場します。

「これは文と絵の二刀流としても、恋川先生にならぶ才能だぞ」

大田南畝も評価しているとわかって、重三郎は興奮《こうふん》しました。政演はまだ二十代の前半で、重三郎より十一歳下です。そう考えると、おそろしくなってきます。ただ、喜んでばかりはいられません。

「どちらを主にしてもらうべきだろうか」

北尾政演の父は大家をやっていて、生活には困っていないようです。しかし、武士でお役目のある恋川春町と違《ちが》って、いずれは安定した仕事につかなければならないでしょう。絵師として成功すれば、その稼《かせ》ぎで暮らしていけます。文章では稼げませんから、絵に力を入れたほうがいいように思います。

「でも、一番大事なのは、本人の気持ちだよなあ」

重三郎は政演を吉原に誘《さそ》おうとして、ふと思いとどまりました。

政演は師匠《ししょう》の北尾重政が言ったように、遊び好きで、吉原にもよく通っています。ただ、必ずしも歓迎《かんげい》されてはいません。何度かいっしょに遊んだ喜三二も、最近は誘っていないようです。

それは、政演が江戸っ子にはめずらしく風呂嫌《ふろぎら》いで、髪《かみ》や着物にも気をつかわないからでした。

「まずは湯屋からだな」

重三郎は話があると言って、政演を誘いました。かごを呼んで迎《むか》えに行くと、政演は喜びました。

「今日は豪勢《ごうせい》だねえ。おれも人気絵師の仲間入りってことかな」

当時のかご代は、日本橋から吉原までだと安くても五百文くらい、現代《げんだい》にあてはめると一万円を超《こ》える金額《きんがく》になります。重三郎も喜三二や重政を送るのには使いますが、政演に使うのははじめてです。

政演はいそいそとかごに乗りこみましたが、向かった先は吉原ではありませんでした。

5

「やけに早いような……」

首をかしげながらかごを出た北尾政演《きたおまさのぶ》は、あっと声をあげました。先に着いていた重三郎《じゅうざぶろう》を軽くにらみます。

「だましたね、重三郎さん」

「人聞きの悪いことを言わないでくださいな」

重三郎はにやりと笑いました。

「身だしなみをととのえたら、連れていきますから」

二人の前にあるのは、江戸庶民《えどしょみん》のいこいの場、湯屋つまり銭湯《せんとう》です。入浴料は安いので、毎日通う人が多かったのですが、面倒《めんどう》くさがりの政演はせいぜい三日に一度、ひどいときには五日も入りません。普段《ふだん》、汗《あせ》をかく仕事はしていないとはいえ、あかがたまり、身体《からだ》もくさくなります。

「別に風呂《ふろ》が嫌《きら》いなわけではないんだよ。身体を洗《あら》って湯につかれば、気持ちがいいことはわかってる」

政演はぶつぶつと言いながら、湯屋に入りました。昼下がりの空《す》いているころあいです。しばらくあとの寛政《かんせい》の改革《かいかく》で混浴《こんよく》が禁止《きんし》されますが、このときはまだ男湯と女湯は分かれていません。

重三郎は二人分の料金を払《はら》い、さらに流し代を出して、三助《さんすけ》という従業員《じゅうぎょういん》に政演の背中《せなか》を洗ってもらいます。湯屋は天井が低く、蒸気《じょうき》がこもっているので薄暗《うすぐら》く、周りはよく見えません。

湯につかってから、重三郎は問いかけました。

「大田《おおた》先生の評論《ひょうろん》は読みました？」

「もちろん」

政演の声がはずみます。

「あれは大田先生に向けて書いたようなものだから、とくにうれしかったよ」

前年の『菊寿草《きくじゅそう》』を読んで大田南畝《なんぽ》の好みを研究し、評価《ひょうか》をあげるために工夫したのだと言います。

「すごいですね。そこまで考えていたとはおどろきです」

「別に難《むずか》しいことじゃないよ」

お湯をかきまわしながら、政演は言いました。

「さて、そろそろ出ようか」

やはり早いな、と思いながら、重三郎は同意します。

「ええ、次は髪結《かみゆ》いを予約してあります」

重三郎が言うと、政演は顔をしかめながらも、立ちあがりました。

髪結いは男女別に分かれていて、男のほうは床屋《とこや》とも言います。髪やひげをかみそりでそって、まげをつくります。時間がかかるので、その間に、客同士《きゃくどうし》や主人と世間話をするのが、江戸っ子の楽しみです。

「先生は文と絵と、どちらが好きですか？」

重三郎は聞きたかったことをたずねました。

政演は頭のてっぺんをそられています。

「……どちらも好きだよ」

慎重《しんちょう》に答えたのは、かみそりが気になるからでしょう。

「熱心に修業《しゅぎょう》したのは絵のほうだが、話を考えるのもおもしろい。読み手としてはどうだい？」

「どちらも天下一品ですよ」

お世辞ではなく、重三郎は正直に答えました。

「ただ、私としては、まずは絵で、さし絵だけでなくて、錦絵《にしきえ》で勝負してほしいと思っています」

「そのほうがおれが稼《かせ》げるからかな？」

「そのとおりです。板元としては、どちらでもかまわないのですが、先生の立場だと、絵のほうが稼ぎは大きいでしょう」

政演はしばらく黙《だま》って考えていました。

まげが美しくととのえられたころに、ようやく口を開きます。

「すぐに決めなくてもいいんじゃないかな」

「そうですね」

重三郎は同意しました。

「まずは先生の気持ちを聞いておきたかったのです。私としても、先生がやりたくない仕事を頼《たの》みたくはないですから」

「それは心配ないよ。重三郎さんの仕事なら、喜《よろこ》んでやる」

二人は再《ふたた》びかごを呼《よ》んで、吉原《よしわら》に向かいました。政演は自分の頭を気にしています。

「こんなに格好《かっこう》をつけて遊びに行くのは、田舎者《いなかもの》みたいで恥《は》ずかしいな」

「いや、そっちのほうが女性《じょせい》は喜びますよ」

茶屋にあがって、茶と団子《だんご》でもてなします。政演は酒が飲めません。

団子をほおばる政演に、重三郎は持ちかけました。

「遊女たちの美人画をやりませんか？　色つきの大きな版《はん》で一枚《まい》ずつ売りたいと思います」

「いいね」

政演は口をもごもごさせながら、うなずきました。

「吉原に通っているのが生きるじゃないか。何枚描こうか」

「売れ行きがよければ、百枚でも二百枚でも出しますよ」

重三郎はかつて錦絵を企画《きかく》したことがありますが、当時は別の板元に出版《しゅっぱん》を任《まか》せなければなりませんでした。今なら、自分で出版して売ることができます。

「じゃあ、来年は十枚くらいかな。わくわくしてきたぞ」

政演はうれしそうです。さし絵とは違って、自分の絵だけを売り出すのですから、絵師《えし》にとっては名誉《めいよ》です。

「今まで以上に、遊女をよく見ないとなあ」

「取材は手配しますから、遊ぶのはほどほどにしてくださいね」

「わかってるよ」

政演は茶を飲んで、満足そうに腹《はら》をさすりました。


数日後のことです。重三郎は家に帰るなり、文句《もんく》を言われました。

「政演に錦絵を描かせるそうじゃないか」

居候《いそうろう》の北川豊章《きたがわとよあき》、新しい名を歌麿《うたまろ》という絵師がにらんでいます。

「そのつもりだが……」

「失敗するぞ」

歌麿は断言《だんげん》しました。重三郎もさすがにむっとします。

「どうしてそう思うんだ？」

歌麿は胸《むね》を張《は》りました。

「おれのほうが実力が上だからだ」

「だとしても、失敗するとはかぎらないだろう」

「いや、美人画を出すならおれに描かせろ」

重三郎は歌麿の素質《そしつ》を認《みと》めています。だから、面倒をみているのです。ただ、すぐに歌麿の錦絵を大々的に売り出すのは無理です。まずはさし絵や吉原の宣伝《せんでん》からはじめて、多くの人に歌麿の名前を知ってもらいたいのですが、今のところ、さし絵では歌麿の評価はあがっていません。まだ大物とは組ませられないからでもあるでしょうが、単にやる気の問題かもしれず、重三郎は頭を悩《なや》ませています。

「絵の前に名前を売らないとなあ」

重三郎が言うと、歌麿はそっぽを向きます。

「それはともかく、政演は文のほうがうまい。物語を書かせたほうがいいぞ」

「文もうまいのはたしかだけどね」

重三郎の見るところ、歌麿は絵にしか関心がなく、文を書いたり読んだりする力はそれほどありません。単に競争者を減《へ》らしたいのでしょう。

「今のところ、戯作《げさく》は鶴屋《つるや》さんのところで書いて、うちでは絵を描くことになっているんだ」

鶴屋は老舗《しにせ》の板元ですが、主人の喜右衛門《きえもん》は新参者の重三郎にもおだやかに接《せっ》して、業界のしきたりを教えてくれています。地本問屋では、一番頼《たよ》りになる先輩《せんぱい》です。

「二兎《にと》を追うわけだ。ふーん」

歌麿は着物のすそをこすりはじめました。明らかにいじけている様子です。こうなると絵が描けなくなるので、重三郎はなだめました。

「おまえさんにも仕事はまわすよ。吉原の宣伝として配る錦絵を任せてもいい。それに、大田先生とかの集まりにも連れていくから、そこで名前と顔を売りこむんだ。おまえさんの力を認めてもらうためにも、人づきあいは大切だよ」

「それはまあ……わからないでもない」

「よし、ならば、さっそく予定を立てよう」

重三郎は大田南畝をはじめとする業界の有名人たちに、歌麿を引き合わせる計画を立てました。作家や絵師とのつきあいが増《ふ》えるたび、それぞれの性格《せいかく》に合わせる苦労も増えますが、重三郎はむしろ楽しんでやっていたのです。

6

「あ、あの、本日はお集まり……ええと、お集まりいただきまして、ありがとうございます。ええと……どうか、どうか楽しんでください」

歌麿《うたまろ》がたどたどしくあいさつして、頭を下げました。その隣《となり》で、重三郎《じゅうざぶろう》がはらはらしながら見守っています。歌麿は人前に出ると、いつもの自信と勢《いきお》いがなくなり、小さくなってしまうのです。

朋誠堂喜三二《ほうせいどうきさんじ》がだみ声をあげました。

「まあ、重三郎みたいに口がうまくても、それで酒がうまくなるわけじゃないからな。さあ、飲もうじゃないか」

ひとしきり笑いが起こり、さかずきがかかげられました。喜三二をさきがけとして、それぞれが酒を飲みはじめます。

歌麿を紹介《しょうかい》するために、重三郎が開いた宴会《えんかい》です。場所は上野の料亭《りょうてい》で、参加したのは、喜三二、恋川春町《こいかわはるまち》らの戯作者《げさくしゃ》、北尾重政《きたおしげまさ》、勝川春章《かつかわしゅんしょう》らの絵師《えし》、そして評論家《ひょうろんか》の大田南畝《おおたなんぽ》など十数人の関係者で、右を見ても左を見ても、業界の有名人ばかりです。武士《ぶし》もいれば、町人もいます。これはそのまま、重三郎の人脈《じんみゃく》の豊《ゆた》かさをしめしていました。

「歌麿さんをぜひ、ごひいきにしてください。まだ経験《けいけん》は浅いですが、それはもう、美しい絵を描きますから」

重三郎はひとりひとりに歌麿を引き合わせて、話をさせます。この年、歌麿は三十歳《さい》で、参加者のなかでは一番若《わか》い部類に入ります。

「歌麿さんは、何の絵が得意《とくい》で、何をやりたいんだい？」

大田南畝がたずねます。南畝はまだ三十四歳ですが、長老のようなふるまいです。

「は、はい。美人画が得意です。女の絵なら、だれにも負けません」

歌麿はつっかえながらも言い切りました。

南畝が大きくうなずきます。

「なるほど、蔦重《つたじゅう》が力を入れるのもわかるな。私が見たかぎりでは、才能《さいのう》もありそうだ。しっかり育てるのだぞ」

最後の言葉は、重三郎に向けられたものです。けれど、重三郎は首を横にふりました。

「育てるなんて、とんでもない。私は機会をもうけるだけです。絵に関しては、師匠《ししょう》たちがついていますからね」

「おれは自分で育つ」

歌麿がぼそぼそとつぶやきます。

「お、いいねえ。絵師は自信過剰《かじょう》なくらいがいい」

そう言って歌麿の肩《かた》をたたいたのは、いつのまにか後ろに来ていた喜三二です。

「そのうちおれの本にもさし絵を頼《たの》むよ。来年出る本はだいたい決まってるから、再来年《さらいねん》だな。

重三郎、覚えておいてくれ」

「もちろんです。そのための会ですから」

黄表紙や洒落本《しゃれぼん》は、喜三二と春町のように、作者と絵師の気持ちが通じていると、仕事の質《しつ》があがります。歌麿はつきあいにくい性格《せいかく》ですが、顔を知っているだけでも、頼みやすくなります。重三郎はこの場で、歌麿の仕事をいくつかまとめました。それをどう次につなげるかは、歌麿しだいです。

参加者たちはたらふく飲むと、気のおけない仲間たちと、それぞれ連れだって二次会に向かいました。歌麿は北尾重政に誘《さそ》われましたが、断《ことわ》りました。

「帰って絵を描きます」

重政は無言でうなずきました。勝川春章とともに去っていきます。

重三郎がみなを見送って戻《もど》ると、歌麿がひとりでまだすわっています。さかずきを手にしていますが、ぼうっと宙《ちゅう》を見つめているようです。

「どうした?」

重三郎がたずねると、歌麿ははっと顔をあげました。きょろきょろと目を動かし、宴《うたげ》の跡《あと》を指さします。刺身《さしみ》や煮物《にもの》、卵焼《たまごや》きといった料理がかなりの量、皿に残っています。

「もったいない。持ち帰ってもいいかな」

「ああ、頼んでみよう」

重三郎が応《おう》じると、歌麿は思い出したように、さかずきの酒を口に運びました。

この年の十二月、重三郎はまた宴会を開きました。正月に出版《しゅっぱん》する本の作業が一段落《いちだんらく》したので、作家や絵師をねぎらう会です。大田南畝、恋川春町、北尾重政、北尾政演《まさのぶ》などを吉原《よしわら》に呼《よ》んで、ふぐ料理でもてなしました。彫《ほ》り師《し》などの裏方《うらかた》も招《まね》いています。

「喜三二がいないと静かでいいな」

まじめな恋川春町が言いました。言葉とは裏腹《うらはら》に、名コンビの喜三二がいなくて寂《さび》しそうです。この日、喜三二は藩《はん》の仕事が入ったので、やむなく不参加となっています。

「胆《きも》でいいから、ふぐを残しておいてくれ」

などとぶっそうなことを言っていました。ふぐは非常《ひじょう》に美味な魚ですが、胆を食べたら毒《どく》に当たって死んでしまいます。

ふぐの刺身に舌《した》つづみを打ちながら、評論家の大田南畝と、文絵両刀の天才、北尾政演が話しています。二人には、若くして才能を認《みと》められてデビューしたという共通点があるので、気持ちが通じ合うのでしょう。

政演は正月に蔦屋《つたや》から、遊女を題材にした錦絵《にしきえ》七点を出します。これは二枚《まい》で一組なので、十四枚の絵を描いています。さらに、鶴屋《つるや》から絵も自分で描いた黄表紙が出版されます。これらの作品について、誇《ほこ》らしげに語っています。

「すばらしい。実は来春、私も戯作を出すのだ。蔦重が熱心に頼むのでね。どちらが人気か、勝負だな」

「勝負は遠慮《えんりょ》しますよ。おもしろい本を書いたり読んだりできれば、おれはそれで満足です」

「それは謙遜《けんそん》というより、自信に聞こえるな。けっこうけっこう」

南畝はふぐ刺を数切れ、まとめて口に入れました。すでに顔がほんのりと赤くなっています。

一方の政演は酒は飲まず、ほうじ茶を飲んでいます。

「そういえば、政演さんは狂歌《きょうか》の連（グループ）には入っているのか？　あれだけのものが書けるのだから、狂歌もうまいだろう」

狂歌好きの南畝は、戯作者たちを次々と仲間に誘っています。酌《しゃく》をしに来た重三郎もつかまりました。

「蔦重の狂名は私がつけたのだ。蔦唐丸《つたのからまる》という」

「さすが、洒落がきいた名前ですね」

政演が茶を片手《かたて》に微笑《びしょう》します。

「そうだろう。ところが、蔦重、いや唐丸はなかなか詠《よ》まなくてね」

「私はみなさんの狂歌を聞くだけで満足ですから」

「そう、それだ」

南畝はひざをたたきました。

「今度、狂歌を集めた本を出すのだ。狂歌はそもそも仲間うちで楽しむものだが、すぐれた作品は残しておきたいと思ってね」

「じゃあ、うちでもお願いします」

重三郎はすぐに反応《はんのう》しました。

「おう、さっそくえさに食いついたか」

「私など釣《つ》っても、おもしろくないでしょう。でも、狂歌本はきっと当たりますよ」

狂歌も、黄表紙と同じく、知識《ちしき》と教養にユーモア、そして対象《たいしょう》をするどく観察する目が必要な娯楽《ごらく》です。それでいて、手軽に楽しめますから、黄表紙以上に流行するかもしれません。

「私がお金を出して、狂歌の会を企画《きかく》しますから、そこで詠まれた歌を蔦屋で出版しましょう。季節ごとに、桜《さくら》を見ながら、とか、船に乗って夕涼《ゆうすず》み、とか、風流な会を考えますよ」

「さすが蔦重、抜《ぬ》け目がないね」

「大田先生こそ、そのつもりで私を誘ったのでしょう」

二人は笑いあいました。まるで悪だくみをしているようですが、南畝は宴会や狂歌を楽しみ、重三郎は出版で利益《りえき》をあげ、読者は読んで楽しむのですから、みんなが幸せになります。

しめのふぐ雑炊《ぞうすい》をすすりながら、来年も忙《いそが》しくなりそうだ、と、重三郎は笑みを浮《う》かべていました。

7

天明三年（西暦《せいれき》一七八三年）は、重三郎《じゅうざぶろう》にとって、一大転機となる年でした。日本橋通油町《とおりあぶらちょう》の地本問屋、丸屋《まるや》を買いとる話が進んでいたのです。

この年、鱗形屋孫兵衛《うろこがたやまごべえ》が許《ゆる》されて江戸《えど》に戻《もど》ることになったので、重三郎は地本問屋の仲間にならなければ、黄表紙や錦絵《にしきえ》の出版《しゅっぱん》ができなくなります。充分《じゅうぶん》に資金《しきん》もたまっていましたから、ゆずってくれる店をさがしていたところ、丸屋小兵衛《こへえ》が交渉《こうしょう》に応《おう》じたのでした。

丸屋小兵衛は若《わか》いころは商売に情熱《じょうねつ》を持っていましたが、年をとって気力も体力もなくなったので、若い人に店をゆずりたいとのことです。

「蔦屋《つたや》さんなら安心して任《まか》せられるよ」

小兵衛は調子のいいことを言いますが、売値《うりね》はかなりの額《がく》でした。足もとを見られているようですが、重三郎としては、この機会を逃《のが》すわけにはいきません。前向きに交渉していた秋のはじめのことです。

午前中、日本橋に向かって歩いていたとき、突然《とつぜん》、大きな音がとどろきました。地面が揺《ゆ》れ、重三郎はよろめきました。

「地震《じしん》か？」

行きかう人が頭をおおって逃《に》げまどいます。

「いや、これは浅間の噴火《ふんか》だな」

重三郎は近くの菓子屋の軒下に避難して、空を見上げました。

このところ、爆発音《ばくはつおん》が聞こえたり、灰《はい》が降《ふ》ってきたりしていて浅間山（今の群馬県と長野県にまたがる山）が噴火しているという話がありました。それが予兆《よちょう》で、今回の大噴火が起こったのではないでしょうか。

「これは大変なことになるぞ」

だれかが声高にしゃべっています。

やがて空が曇《くも》り、一面暗くなって、灰や砂《すな》が降ってきました。どんどんと激《はげ》しくなり、まるで雨のようです。人々は家に入ってふるえています。

重三郎も急いで耕書堂《こうしょどう》に帰り、店を閉《し》めて引きこもりました。

「この世が終わるのではなかろうか」

重三郎は心配していましたが、居候《いそうろう》の歌麿《うたまろ》は外のさわぎが気にならないようで、一心不乱《いっしんふらん》に絵を描いています。

「これはこれでおそろしいが、頼《たの》もしいな。きっと絵師《えし》として成功するだろう」

重三郎は半分あきれながら思いました。

その日は地響《じひび》きがつづいていました。翌日《よくじつ》になっても空は灰におおわれ、薄暗《うすぐら》いままでした。多くの人々は恐怖《きょうふ》におそわれて外出をさけており、吉原《よしわら》の灯りもむなしく光るだけです。

浅間山の大噴火と土石流は、村や田畑を破壊《はかい》して、多くの人命を奪《うば》いました。江戸川《えどがわ》には多くの死体が浮《う》かんで、江戸の町にも流れてきました。まれに見る大災害《だいさいがい》でした。

周辺の農村が大きな被害《ひがい》を受け、さらに降りつづいた灰と低温が作物を枯《か》らしました。食料の生産量が減《へ》って、江戸では野菜や米が高くなっています。

重三郎をたずねてきた朋誠堂喜三二《ほうせいどうきさんじ》が言いました。

「こりゃあ、ひどい飢饉《ききん》になるぞ。きっと人死にも多く出る」

もともと前年から天候が悪く、飢饉は予想されていました。大噴火によって気温が下がり、飢饉がさらに深刻《しんこく》になりそうです。低温のせいで米作りに苦労している東北地方が、もっとも強く影響《えいきょう》を受けます。喜三二は東北の久保田藩《くぼたはん》の武士《ぶし》ですから、気が気ではないのでしょう。

重三郎はそう思ったのですが、喜三二が心配しているのは別のことでした。

「来年の出版はどうする？　引《ひ》っ越《こ》しは？」

「今のところ、予定は変えないつもりです。でも、喜三二さんのお役目が忙《いそが》しければ、無理は言いませんよ」

重三郎が答えると、喜三二はほっとしたようです。

「おれは書くぜ。こういうときに人を笑わせなきゃ、戯作者《げさくしゃ》とは言えん」

重三郎は微笑《びしょう》します。

「私もそう思います」

「飢饉で苦しむ人がいるのはわかります。景気も悪くなって、売上げは減るでしょう。それでも、板元として、待っている読者に作品を届《とど》けたいのです。みんなに笑ってもらって、江戸の町を明るく照らしたいのです」

「そうだそうだ、それでこそ、おれが見こんだ男だ」

喜三二は重三郎の肩《かた》を強くたたきました。

重三郎の引っ越しは九月と決まりました。吉原近くの店は、手代に任せることにします。重三郎が引っ越しを急いだ理由は、商売の他にもありました。

この年、幼《おさな》いころに別れた両親が見つかったのです。見つけたのは、江戸の郊外《こうがい》に引っ越していた北尾重政《きたおしげまさ》でした。たまたま、近くに住んでいた重三郎の父と知り合ったそうです。おどろいたことに、父は母とよりを戻して、ともに暮《く》らしていました。

知らせを聞いた重三郎は跳《と》びあがって喜《よろこ》びました。

「おふくろが生きていた！」

別れたとき、母は病気で、その後の行方も知れなかったことから、死んだものだとあきらめていたのです。

重三郎は急いで母に会いに行きました。父のことは眼中《がんちゅう》にありません。

感動的な再会《さいかい》の場所は、畑のなかでした。風が強く、黒い土ぼこりが舞う日です。堆肥《たいひ》のにおいがきつく、牛が鳴き声をあげていました。重三郎は気にせず、教えられた集落のほうへ歩いていきます。

畑の雑草《ざっそう》を抜《ぬ》いている女性《じょせい》を見たとき、すぐに母だとわかりました。姿《すがた》かたちをはっきり覚えていたわけではありません。でも、わかったのです。

「母ちゃん！」

重三郎は叫《さけ》んで駆《か》けよりました。

母が顔をあげ、口に手をあてて立ちあがります。

「重三郎？」

立ちつくす母のもとに、重三郎はたどりつきました。実に二十七年ぶりの再会でした。

「やっと会えた」

記憶《きおく》よりもずっと小さい母を抱《だ》きしめます。土くさくて、吉原にいたときとはまったく違うにおいです。それでも幼いころの思い出がよみがえってきます。母がつくってくれたお粥《かゆ》のおいしかったこと、着物をぬう母をじゃまして苦笑されたこと、雪玉を投げて遊んだこと……。

そしてあの日の約束。

「迎《むか》えに来たよ。金持ちというほどではないけど、自分の店は持ってる。おれ、本屋になったんだよ」

「うん。ごめんね、ごめんね」

母が発したのは、あのときと同じ言葉でした。重三郎の活躍《かつやく》は知っていたけれど、迷惑《めいわく》をかけたくなくて、黙《だま》っていたそうです。

「今度、日本橋に店をかまえるから、いっしょに暮らそう」

「そんな、私なんか……」

母は絶句《ぜっく》しています。

「いいんだよ。ついでに父ちゃんも引きとってやる」

父は一度母を捨《す》てた人なので、重三郎にはあまり親愛の情《じょう》はありません。それでも、よりを戻したのであれば、母のためにいっしょに引きとろうと思いました。

「ありがとう、ありがとうね」

母は重三郎の胸《むね》で泣きました。

こうして、重三郎は両親と暮らすことになりました。新しい店は広いので、両親の部屋も居候の部屋もつくれます。引っ越しは無事に終わり、新しい生活がはじまりました。

飢饉がくるといううわさが広まっており、また、空が暗く、寒い日がつづいて、江戸の町は重苦しい雰囲気《ふんいき》につつまれています。それでも、重三郎は正月の黄表紙出版に向けて準備《じゅんび》を進めていました。喜三二や恋川春町《こいかわはるまち》も書く意欲《いよく》に満ちています。

また、大田南畝《おおたなんぼ》が中心となっている狂歌《きょうか》の流行も、はじまったばかりです。

「大田先生、狂歌で江戸を盛りあげましょう」

重三郎の呼《よ》びかけに、南畝も賛同《さんどう》します。

「災害の復興《ふっこう》は幕府《ばくふ》に任せて、私たちは気持ちを明るくしていこう」

幕臣《ばくしん》である南畝によれば、幕府は様々な対策《たいさく》を実行しているようです。民はその効果《こうか》を期待して、それぞれの生活をつづけるしかありません。

重三郎は喜三二や春町、南畝といった武士たちと親しくつきあっていました。にもかかわらず、幕府や政治《せいじ》をどこか遠くにあるものだと感じていました。しかし、そうではなかったのです。そのことを重三郎が思い知るのは、もう少し先になります。

三章
白河の清き流れ

1

天明四年（西暦《せいれき》一七八四年）から五年（西暦一七八五年）にかけて、天災《てんさい》と飢饉《ききん》で世の中には暗い影《かげ》が落ちていましたが、江戸《えど》の狂歌界《きょうかかい》はずいぶんと華やかでした。その中心にいたのが、詠《よ》み手《て》の四方赤良《よものあから》（大田南畝《おおたなんぽ》）と板元の蔦屋重三郎《つたやじゅうざぶろう》です。

重三郎は狂歌の会を開催《かいさい》し、そこで詠まれた狂歌などを大田南畝に選んでもらって狂歌集を出版《しゅっぱん》します。これらは黄表紙と同じく、元になる作品があったり、遊び仕立てになっていたりと、読者を楽しませる工夫がありました。狂歌のブームが起こり、吉原《よしわら》の遊女たちも、大店《おおだな》の商人も、武士《ぶし》や大名も、狂歌を楽しむようになりました。

重三郎と関わった名高い狂歌師《きょうかし》には、四方赤良、朱楽漢江《あけらかんこう》、元木網《もとのもくあみ》、平秩東作《へずつとうさく》、宿屋飯盛《やどやのめしもり》、大屋裏住《おおやのうらずみ》などがいます。朋誠堂喜三二《ほうせいどうきさんじ》は手柄岡持《てがらのおかもち》、恋川春町《こいかわはるまち》は酒上不埒《さけのうえのふらち》、北尾政演《きたおまさのぶ》は身軽折輔《みがるのおりすけ》、喜多川歌麿《きたがわうたまろ》は筆綾丸《ふでのあやまる》という狂歌名を名乗っていました。

そして、重三郎は蔦唐丸《つたのからまる》です。ふざけた名前をつけるのが、この時代の狂歌師たちなのです。ただ、流行にははやりすたりのあるもので、天明狂歌の先頭を走っていた大田南畝は、町の人々が楽しんでいるのをよそに、狂歌に飽《あ》きはじめていました。

これは重三郎としては困《こま》ります。読者が望んでいるのですから、まだまだ狂歌本を出していきたいところです。そこで、様々な企画《きかく》を考えました。

天明五年の春のことです。

吉原の茶屋で、重三郎と大田南畝が向かい合っていました。

「何だって?」

南畝は、きんぴらをつまんでいたはしをとめ、重三郎をにらみすえました。

「いくら蔦重の頼《たの》みでも、それだけは聞けぬ」

南畝の目には、怒《いか》りの色がありました。

そう言われるのはわかっていましたので、重三郎はひるみません。

「大田先生に謝《あやま》りたい、いっしょに仕事をしたい、と言っているのは、向こうのほうです。先生がゆずるのではなく、謝罪《しゃざい》を受け入れるだけですから、どうかお願いしますよ」

「いや、あいつは信用できない。謝るのもどうせ口だけだ」

南畝が怒《おこ》っている相手は、狂歌師の唐衣橘洲《からごろもきっしゅう》です。橘洲は南畝と同じく下級の幕臣《ばくしん》で、高名な狂歌師でしたが、南畝とは狂歌に対する考え方が違《ちが》っていました。簡単《かんたん》に言えば、橘洲は伝《でん》統《とう》を重視《じゅうし》しており、南畝は今の時代の雰囲気《ふんいき》に合わせようとしています。

橘洲は狂歌ブームの初期において、南畝をはげしく批判《ひはん》しました。南畝は腹《はら》を立て、対立がはじまります。狂歌師と読者の多くは南畝を支持《しじ》したので、橘洲は歌集などを出せず、ひっそりと活動をつづけています。

この二人を和解《わかい》させられないか、という話が、重三郎のもとに持ちこまれたのでした。簡単ではありませんが、二人が協力して歌集を出せば、大きな話題になって、売れるのはまちがいないでしょう。狂歌に飽きつつある南畝にとっても、刺激《しげき》になると思われます。なので、重三郎はこの面倒《めんどう》な仕事を引き受けたのでした。

「先生のお気持ちはよくわかります。でも、狂歌を楽しむ人たちは、お二人の和解を望んでいるのですよ」

重三郎が注いだ酒を、南畝は眉間《みけん》にしわをよせて飲み干《ほ》します。

「ふん、嫌《いや》なものは嫌だ。私は別に、あやつと仲直りしなくてもかまわない」

南畝はふと、目をあげました。

「……しかし、この酒はうまいな。どこのものだ」

「灘《なだ》でございます」

灘は上方の酒の産地です。このころ、下り酒、すなわち上方から運ばれてくる酒では、伊丹《いたみ》や池田に替《か》わって、灘が一番の人気になりつつあります。

「灘の酒はよく飲むが、それにしても、これはよい。どこの蔵《くら》か、あとで聞いておいてくれ」

「かしこまりました」

南畝は二度、三度とうなずきました。南畝が話を戻《もど》します。

「あやつが謝罪するというなら、それは受け入れよう。だが、いっしょに歌を選ぶなどはできん」

「そこを何とかお願いします。楽しみにしている御方《おかた》がいらっしゃるのですよ」

重三郎はそっと手紙を差し出しました。差出人の名前を見て、南畝の顔色が変わります。

「尻焼猿人《しりやけのさるんど》……酒井《さかい》様ではないか」

この奇妙《きみょう》な狂歌名をもつ人物は、絵師《えし》として知られる酒井抱一《ほういつ》です。抱一は大大名である姫路藩主《ひめじはんしゅ》の弟で、吉原通いの好きな風流人、遊び人としても有名でした。南畝とも以前から交流があります。

手紙を読んで、南畝はため息をつきました。

「酒井様がおっしゃるなら、したがうしかない」

黄表紙や狂歌といった戯作《げさく》の世界では、しばしば身分の境《さかい》を越《こ》えたつきあいが見られますが、酒井抱一は大名家の出身ですから、さすがに格《かく》が違います。抱一は偉《えら》ぶった人ではなく、気さくな性格《せいかく》ですが、よけいに頼みを断《ことわ》ることはできません。

重三郎は南畝のさかずきを見て、いそいそと酒を注ぎます。南畝はじろりと重三郎をにらみました。

「こんな手紙があるなら、さっさと見せればよいのだ。もったいぶりおって」

「物事には順序《じゅんじょ》がありますから。吉原ではまず茶屋にあがるようなものです」

南畝はほおをゆるめました。

「それなら仕方ない。まあ、狂歌はあくまで楽しんでやるものだ。あまり商売にからめるのは感心しないが、求められているのは承知《しょうち》しているし、蔦重には世話になっている。酒井様と蔦重の顔を立てて、おもしろいものをつくってやろう」

こうして、重三郎は、狂歌界の大物二人を和解させたのです。

この年の秋に、南畝、橘洲、そして朱楽漢江の三人が編集《へんしゅう》した狂歌集『俳優風《わざおざぶり》』が蔦屋から出版され、大いに話題となりました。ちなみに、この本では、狂歌師の筆頭には、尻焼猿人があげられたのでした。

重三郎の狂歌界での活躍《かつやく》はまだつづきます。

翌《よく》天明六年（西暦一七八六年）、重三郎は狂歌絵本を出版しました。狂歌本にはこれまでもさし絵を入れていたのですが、今度はどちらかというと絵の方を主役にして本をつくったのです。

まずは、北尾重政《きたおしげまさ》が二冊《さつ》と歌麿が一冊、絵を描いた白黒絵本の三部作。これは江戸の名所や役者の絵に、狂歌をつけたものです。

そして、さらなる評判《ひょうばん》を呼《よ》んだのが、文絵両刀の天才、北尾政演が狂歌師を描いた錦絵《にしきえ》絵本『吾妻曲狂歌文庫《あずまぶりきょうかぶんこ》』でした。これは代表的な狂歌師を昔の歌人に見立てて、美しい絵を描き、狂歌をそえたものです。まるで百人一首の絵札のような絵が、五十人分で一冊になっています。

「狂歌といえば蔦屋」

江戸中に蔦屋の名が広まると、売りこみも増《ふ》えました。だれでも気軽に詠めるのが狂歌です。たとえ下手でも、趣味《しゅみ》で狂歌集を出版したいという金持ちがいます。重三郎はそういう人からあらかじめ制作費《せいさくひ》を払《はら》ってもらったり、買い取りの約束をしたりして、狂歌集を出しました。

損《そん》をする心配がほとんどない、手がたい商売です。

狂歌絵本の絵は、おもに歌麿に任《まか》せました。

「政演が錦絵で、おれが墨絵《すみえ》とはどういうことだ」

歌麿は『吾妻曲狂歌文庫』を見てぷりぷりと怒っていたのですが、その出来映《できば》えには一目おいていたようです。

「おれだって、機会があれば、これくらいは描けるんだ。いや、今のは取り消しだ。もっとうまく描ける」

「歌麿さんが描けるのはわかってるよ。だんだんと名前も広まってきた。幸い、この前出した狂歌絵本が好評《こうひょう》だから、しばらくはこの方面でやっていこう」

歌麿は不満そうです。

「美人画への道は遠いな。鳥居清長《とりいきよなが》との差が開くばかりだ」

鳥居清長は、西村屋与八《にしむらやよはち》が見出した絵師です。歌麿の一歳《さい》上ですが、早くから才能《さいのう》を開花させていて、とくに美人画での評価《ひょうか》が高く、世間では北尾重政、勝川春章《かつかわしゅんしょう》につづく絵師とみなされています。歌麿は清長にかなわなかったため、西村屋を飛び出したのでした。さらに、清長は人当たりがよく、みなに愛される性格だといいます。

重三郎は歌麿を正面から見すえて、語りかけました。

「なあ、歌麿さん、絵というのは相撲《すもう》と違って、他人と競うものではないだろう。自分の腕《うで》をみがいて、お客を満足させれば、それでいいんじゃないか」

「いや、おれは一番になる。清長も政演も超《こ》えてやる」

そう言って、歌麿は紙に向き合うのでした。口だけでなく、行動するのが歌麿です。清長の作品を研究し、乗り越えるための努力をつづけます。

そのかいあって、歌麿の腕はあがり、歌麿が絵を描いた狂歌絵本は、年を追うごとに評価が高まっていきました。

2

歌麿《うたまろ》の絵が変わりつつあることに、文絵両刀の天才、北尾政演《きたおまさのぶ》が気づきました。

「重三郎《じゅうざぶろう》さん、歌麿さんはもしかして、本当に一番になるんじゃないか？」

狂歌《きょうか》の会が終わったとき、政演が声をひそめて言ったのです。重三郎は返答に迷《まよ》いました。一番になるということは、鳥居清長《とりいきよなが》はもちろん、政演も超《こ》えるということです。

「重三郎さんの考えていることはわかる」

政演はにやりと笑いました。

「ただ、おれは絵の仕事は減《へ》らしていこうと思っているんだ。歌麿さんがこれだけ描けるんだから、絵は任《まか》せていいんじゃないか」

今度もまた、重三郎はすぐには返事ができません。

「……やっぱり、先生は文のほうを中心にしますか」

たずねると、政演は大きくうなずきました。

「うん、そうしたい。絵も少しは描くけど、断《ことわ》ることもあると思う。ちょっと忙《いそが》しすぎるからね」

政演の錦絵《にしきえ》に力を入れていた重三郎にとっては残念ですが、こうなるような気はしていました。それで、ここ数年は蔦屋《つたや》でも、戯作《げさく》を書いてもらっていたのです。

「わかりました。では、これからは山東京伝《さんとうきょうでん》先生ですね」

山東京伝は、文のほうの名前です。蔦屋が出版《しゅっぱん》した山東京伝の作品では、天明五年（西暦《せいれき》一七八五年）の洒落本《しゃれぼん》『息子部屋』と黄表紙『江戸生艶気樺焼《えどうまれうわきのかばやき》』が大きな話題となりました。

洒落本は、吉原《よしわら》での客と遊女のやりとりをユーモアたっぷりに語る本で、一般的《いっぱんてき》には吉原の客に向けたものですが、山東京伝の作品は、遊女からも人気がありました。

「京伝さんは私たちのことをわかってくれている」

「あれでちゃんとお風呂《ふろ》に入ってくれればねえ」

遊女たちのそういう声を聞けるのは重三郎ならでは、です。

『江戸生艶気樺焼』は、艶二郎《えんじろう》という、金持ちの息子で不細工な若者《わかもの》が主人公です。女好きの艶二郎が色男をめざして愚《おろ》かなことをする、という話の三巻《かん》本で、絵も京伝が描いています。

艶二郎は色男になりたくてまねをするのですが、表面だけまねをするので、いつも失敗します。たとえば、評判《ひょうばん》の役者の家に熱心な客が押《お》しかけてきたと聞けば、女を雇《やと》って自分の家に押しかけさせます。色男は遊び過《す》ぎて家を追い出されるものだと聞けば、親に頼《たの》んで追い出してもらいます。愚かだけど憎《にく》めない、艶二郎はそういうキャラクターです。

これが大いに受け、在庫《ざいこ》がなくなって刷り増《ま》しするほど売れました。艶二郎は丸く大きな獅《し》子鼻《しばな》に特徴《とくちょう》がありますが、京伝は自画像《じがぞう》にもこの獅子鼻を使っています。

「今後は文の京伝、絵の歌麿が蔦屋の売りになるな」

重三郎はそう考えました。蔦屋では、朋誠堂喜三二《ほうせいどうきさんじ》と北尾重政《きたおしげまさ》という巨頭《きょとう》が盛《さか》んに仕事をしていますし、黄表紙というジャンルをつくった恋川春町《こいかわはるまち》の作品も出版しています。しかし、それとは別に、若《わか》い作家を世に出していく喜《よろこ》びがあるのです。京伝は若くして名をあげた天才ですが、歌麿は徐々に成長していきます。歌麿が人気絵師《えし》になったら、「蔦屋が育てた」と言っていいでしょう。そのために、重三郎は努力を惜《お》しまないつもりでした。

しかし、狂歌絵本がはやっていた天明六年（西暦一七八六年）から七年にかけて、世の中は大きく動きつつありました。

このころ、浅間山の大噴火《ふんか》と天明の大飢饉《ききん》により、飢《う》え死《じ》にする農民が増《ふ》え、一揆《いっき》や打ちこわしがたびたび起こっていました。民の生活が苦しくなる一方、幕府《ばくふ》の高官はわいろをとって身勝手な政治《せいじ》をおこなっていたので、批判《ひはん》がはげしくなるのは当然です。幕府の中心にいた田《た》沼意次《ぬまおきつぐ》は混乱《こんらん》をおさめられず、天明六年に地位を失いました。直接《ちょくせつ》の原因《げんいん》となったのは、十代将軍家治《しょうぐんいえはる》の死です。養子の家斉《いえなり》が十一代将軍となりました。

天明七年（西暦一七八七年）には、松平定信《まつだいらさだのぶ》が老中の地位につきます。定信はこの年、まだ三十歳《さい》ですが、八代将軍吉宗《よしむね》の孫と血筋《ちすじ》がよく、白河藩主《しらかわはんしゅ》として実績《じっせき》もあげていたので、幕府の政治の舵取《かじと》りを任されました。

松平定信は、財政《ざいせい》を立て直すため、質素倹約《しっそけんやく》をすすめます。ようするに、節約しろ、というのです。定信がおこなった政治改革《かいかく》は、後に年号をとって寛政《かんせい》の改革と呼《よ》ばれました。

田沼意次と松平定信の政治には、共通する部分もあります。財政について、幕府の出費《しゅっぴ》をおさえるという点では、両者は変わりません。

しかし、江戸《えど》の町の雰囲気《ふんいき》は大きく変わりました。おおらかで細かいことは気にしない田沼政治のもとでは、様々な文化が発展《はってん》しており、蔦屋も大いに恩恵《おんけい》を得《え》ていました。それが、だんだんとしめつけられ、文化活動が制限《せいげん》されていきます。

幕臣《ばくしん》である評論家《ひょうろんか》の大田南畝《おおたなんぽ》が、幕府の政治の変化を重三郎に告《つ》げました。

「これからは出版がやりにくくなるかもしれない。吉原の景気も悪くなるだろう。覚悟《かくご》しておいたほうがいいぞ」

重三郎が宣伝《せんでん》につとめたおかげもあって、吉原はにぎやかになっていました。しかし、正しい政治、正しい商売、正しい生活が求められるようになると、吉原のような場所は、どうしてもさびれてしまいます。黄表紙や洒落本も、出しにくくなるかもしれません。

「実は、田沼派《は》のひとりとして、土山《つちやま》様が処罰《しょばつ》されるらしい」

「それは何とも……」

重三郎は言葉を失いました。土山宗次郎《そうじろう》は田沼意次の側近で、有能《ゆうのう》な役人でしたが、わいろ政治の中心人物ともみなされていました。吉原で大金を使って遊んだり、人気の遊女を身請《みう》けしたりするなど、派手《はで》な生活で有名です。文化にも関心が深かったので、大田南畝も彼《かれ》と親しく、ともに遊んだこともあります。

土山宗次郎は幕府の金を盗《ぬす》んだ疑《うたが》いで追われており、捕まるのは時間の問題だそうです。

「おそらく、命はないだろう」

南畝は沈《しず》んでいました。土山宗次郎は問題の多い人物ですが、文化人にとっては気前よく金を出してくれた恩人《おんじん》です。

「……大田先生に危険《きけん》はないのですか」

重三郎はおそるおそるたずねました。

「私も目をつけられているかもしれない。芸術《げいじゅつ》の前に、まず自分が大切だから、しばらくはおとなしくするつもりだ。吉原通いもひかえよう」

狂歌師《きょうかし》には、あえて危険に飛びこむ者もいますが、南畝は危《あぶ》ない橋は渡《わた》らない性格です。重三郎にとっては痛手《いたで》ですが、これは仕方ありません。

「もし、まじめな本を書かれるなら、うちでお願いしますよ。書物問屋の株《かぶ》を買ってでも出しますから」

「ありがたい。さすが蔦重だ」

南畝は力なく笑いました。

「まあ、私のような下っぱ役人が、清く正しくお役目を果たすのはいいことなのだが、町人にまで倹約、倹約では困《こま》る者も大勢《おおぜい》出てくる。そうならないとよいがなあ」

南畝の不安は、やがて的中することになります。

3

天明八年（西暦《せいれき》一七八八年）の正月に、重三郎《じゅうざぶろう》は朋誠堂喜三二《ほうせいどうきさんじ》、恋川春町《こいかわはるまち》、山東京伝《さんとうきょうでん》らの黄表紙を出版《しゅっぱん》する予定でした。身分で言えば、喜三二と春町は武士《ぶし》、京伝は町人です。

三人から書きたい物語について提案《ていあん》を受けたのですが、三人とも、幕府《ばくふ》の政治《せいじ》、田沼意次《たぬまおきつぐ》から松平定信への交代を題材にしたいと言います。黄表紙は時代や社会の雰囲気《ふんいき》を鏡に映《うつ》すようにして、それを笑いに変えるものですから、政権《せいけん》交代にふれないわけにはいきません。

読者もそういう話を求めているでしょうから、重三郎としても歓迎《かんげい》しました。お上に怒《おこ》られたら、やめればいいのです。怒られるかもしれない、という時点でひかえているようでは、出《しゅっ》版業《ぱんぎょう》はやっていけません。

京伝の作品『時代世話二挺鼓《じだいせわにちょうつづみ》』では、冒頭《ぼうとう》から作者が出てきてぼやいています。

「本屋から新作をせっつかれるたびに、身体が二つも三つもあればよいのにと思う」

そこから、平将門《たいらのまさかど》が七つの分身を使って、藤原秀郷《ふじわらのひでさと》と戦う物語がはじまります。平将門は平安時代に関東地方で反乱《はんらん》を起こした武将《ぶしょう》で、藤原秀郷に討伐《とうばつ》されました。この物語は歴史《れきし》を題材にしていますが、あちこちに田沼時代の政治を皮肉った表現《ひょうげん》が出てきます。それをさがすのも楽しみなのです。

「さすが京伝先生、これは売れるぞ」

重三郎はほくほく顔です。

恋川春町の作品も、田沼意次の政治を題材にしていますが、やはり自身とも関わりがあるせいか、過去《かこ》の名作に比《くら》べると、切れが今ひとつです。それでも、充分《じゅうぶん》に満足できる作品でした。それにしても、名だたる作家の作品を最初に読めるのは、板元ならではの楽しみです。

「本屋になってよかったなあ」

しみじみとした重三郎は、ふと首をかしげました。

「めずらしく平沢《ひらさわ》様が遅《おそ》いな」

筆の早い喜三二は、たいてい真っ先に原稿《げんこう》を持ってきます。しかし、この天明七年はどうしたわけか、締切《しめきり》が近づいても、連絡《れんらく》がないのです。

「明日にでも様子を見に行くか」

ちょうどそう思った日の夕方、喜三二が店にやってきました。

「すまんすまん、いろいろ書き直していたら、すっかり遅くなってしまった」

「いえ、まだ締切には余裕《よゆう》がありますよ。何かうまいものを食べに行きますか、それとも酒にしましょうか」

重三郎が笑顔で迎《むか》えると、喜三二は首を横にふります。

「飯はまだいい。先に読んでくれ」

喜三二から、そういうことを言われたのははじめてだったので、重三郎はとまどいました。しかし、返事は決まっています。

「ええ、もちろん。では、読ませていただきます」

重三郎は喜三二を奥《おく》の部屋に通しました。店の者がお盆《ぼん》に茶をのせて持ってきます。

原稿を読むときは、ざぶとんに正座《せいざ》をするのが重三郎の流儀《りゅうぎ》です。重三郎は愛用のざぶとんにすわって、原稿の紙束をめくろうとします。そこで、喜三二が要求しました。

「いい酒があるなら出してくれ」

いつもの喜三二です。重三郎はほっとしながら、店の者に酒を用意するよう言いつけました。

重三郎が一枚《まい》読むたびに、喜三二はさかずきをからにします。重三郎は喜三二の様子が気になって仕方ありませんが、喜三二は早く読め、と急かします。

「酒は自分で注ぐから、こっちにかまうな」

「すみません。何かつまみになるものを取り寄《よ》せましょうか」

「いらん。いや、たくあんでもあれば出してくれ」

作者を前にして原稿を読むのは、重三郎はあまり好きではありません。どう感想を伝えようか、と考えてしまうので、物語に集中できないのです。でも、このときは別の意味で集中できませんでした。

読み終わって、ため息をつきます。

「どうだ？」

すっかり酔《よ》っぱらった喜三二は、身体を前後に揺《ゆ》らしています。

重三郎は確信《かくしん》をもって告《つ》げました。

「これまでうちで出したなかで、一番売れる本になるでしょう。まちがいありません」

「そうだろうな。おれもそう思う」

喜三二はさして喜《よろこ》んではいません。さかずきをおいて、真剣《しんけん》な表情《ひょうじょう》で問います。

「で、出せるか」

「出します」

重三郎は即答《そくとう》しました。正直なところ、迷《まよ》いはありましたが、読み終えたときには決意が固まっていました。喜三二が悩《なや》みながら、この原稿を持ってきたことは明らかです。その背中《せなか》を押《お》してあげられなければ、本屋をやっている意味がありません。

重三郎が読んだ喜三二の作品『文武二道万石通《ぶんぶにどうまんごくどおし》』は、鎌倉《かまくら》時代が舞台《ぶたい》で、源《みなもとのよりとも》頼朝が側近に命じて、配下の武士を文武のどちらかに分ける、という話です。しかし実際《じっさい》は、文武二道、すなわち武芸《ぶげい》と学問にはげめ、と強調する松平定信の政治をからかっているのです。

時の権力者《けんりょくしゃ》を茶化す話ですから、読者に受けるのはまちがいありません。でも、幕府ににらまれるおそれは大いにあります。

「私より平沢様のほうが、危険《きけん》ではありませんか」

喜三二は武士ですから、反幕府とみなされたら、最悪の場合、命が危《あや》うくなります。

「そうかもしれんが、書いてしまったからには、読んでほしいんだよ。二度と書けなくなってもかまわないと思っている」

喜三二は頭をかきました。それが物書きなのでしょう。そしてもちろん、その気持ちにこたえるのが本屋です。

「でしたら、私の答えは変わりません。必ず出します」

「よし、頼《たの》んだぞ」

喜三二はうなずいて、酒のおかわりを求めました。


こうして、天明八年（西暦一七八八年）正月、蔦屋《つたや》の店頭に、政治を題材にした黄表紙が並《なら》びました。なかでも、喜三二の『文武二道万石通』は三巻《かん》本で安くはないにもかかわらず、前例のない早さで売れていきます。重三郎の予想したとおりでした。

蔦屋では店に置いた先から飛ぶように売れ、他の店でも同様です。黄表紙を売り歩く商人は、店を出たとたんに、売り切れたと言って戻《もど》ってきます。

評判《ひょうばん》が評判を呼《よ》んで、『文武二道万石通』は一万部を超《こ》える大ベストセラーとなりました。蔦屋は大もうけですが、手放しでは喜べません。

「これだけ売れたら、松平様の耳にも入るだろうな」

どういう反応《はんのう》があるか、重三郎も不安です。ただ、『文武二道万石通』はあくまで鎌倉時代が舞台の物語です。それに、松平定信の政治を批判《ひはん》しているわけではありません。からかったり茶化したりしているだけです。これに怒ったら、定信は器が小さい、と言われるでしょう。

そう考えると、とがめられることはないかもしれません。

ただ、やはり問題なし、とはいきませんでした。

「朋誠堂喜三二はもう終わりだ」

そう言ったのは、喜三二自身です。いつものように、ふらりと店にやってきて、重三郎に告げました。

「今まで楽しかったよ。ありがとな」

「急にどうしたのですか」

重三郎がたずねると、喜三二はさばさばとして答えました。

「殿《との》に叱《しか》られてしまったのだ」

喜三二は勝手知ったる様子で、奥の座敷《ざしき》にあがりました。

「酒を頼む。安酒でかまわないから」

耕書堂《こうしょどう》を何の店だと思っているのでしょうか。普段《ふだん》なら笑うところですが、重三郎は喜三二の話が気になります。店の者に酒を頼むと、まじめな顔で喜三二の前にすわりました。

運ばれてきた酒をひと口飲んでから、喜三二は語りはじめました。

久保田藩《くぼたはん》の藩主に呼ばれ、戯作《げさく》を禁《きん》じられたのだそうです。藩主は喜三二の黄表紙が幕府への批判ととられて、藩までまきこまれてはたまらない、と考えたのでしょう。ただ、とくに罰《ばっ》せられることはありませんでした。執筆《しっぴつ》の禁止だけですんだのは幸運でしょう。

重三郎はそういう事態《じたい》も覚悟《かくご》していました。心の準備《じゅんび》はできていたのですが、すぐには言葉が出てきません。

喜三二とは重三郎が本屋をはじめたころからのつきあいです。「吉原細見《よしわらさいけん》」に洒落本《しゃれぼん》、黄表紙、華道《かどう》の本、様々な作品、文章を書いてもらいました。たくさんもうけさせてもらいましたが、そのぶん出費《しゅっぴ》も多かったものです。どれだけ吉原で酒を飲み、美食をともにしたことでしょうか。

しかし、幕府の政治をネタにして主君に怒られるというのは、いかにも喜三二らしくて、笑みを誘《さそ》います。手伝った重三郎としても、後悔《こうかい》はありません。

「……こちらこそ、ありがとうございました。では、今後は執筆の約束なしで遊びましょうか。出版しなければ、狂歌《きょうか》を詠《よ》んでもいいのですよね」

重三郎の気づかいに、喜三二はほおをゆるめます。

「ああ、そこまでは言われていない。たぶん、吉原遊びも問題はないだろう。ただ……」

喜三二はふと、さびしそうに視線《しせん》を落としました。

『文武二道万石通』が最後の本になったのは満足だ。我《われ》ながら、あれはまちがいなく傑作《けっさく》だからな。だけど、続篇《ぞくへん》も考えていたんだよなあ」

大ベストセラーの続篇、と聞けば、板元は平静ではいられません。重三郎は方策《ほうさく》を考えはじめました。

喜三二がつぶやきます。

「別の筆名で書いたらまずいかな」

「それはやめてください。万一のことがあったら、私も寝覚《ねざ》めが悪いです」

「だよなあ」

残念そうな喜三二に、重三郎は提案しました。

「続篇の内容《ないよう》を話して、他の作家に書いてもらうのはどうでしょう」

「それはおれも考えた」

喜三二はうなずきましたが、浮かぬ顔です。

「ただ、安心して任《まか》せられる作家はそうそういないぞ」

「私がやりましょうか」

突然《とつぜん》、障子《しょうじ》の向こうから声がしました。

あらわれたのは、恋川春町です。

「何でここに？」

喜三二が人の悪そうな笑顔で親友を迎えます。

「とぼけないでくださいよ。あなたが呼んだのでしょう。話があるから蔦屋に来い、と。他人《ひと》様の店で待ち合わせとは、どういうことですか」

「ああ、そういえばそうだった。作家が本屋で待ち合わせして何が悪い。見ろ、重三郎も喜んでいる」

「ええ、まあ」

重三郎は愛想笑いで応《おう》じ、春町にもざぶとんを用意します。

「恋川先生は事情《じじょう》をご存《ぞん》じでしょうか」

「だいたいはね。今も、悪いけど、少し聞かせてもらったよ」

春町は喜三二に顔を向けました。

「私を呼んだのは、続篇のためですか」

「いや、単に飲もうと思っただけだ。ただ、おまえが続篇を書いてくれるなら大歓迎だ。題名だけつづきにして、話は全部考えてくれよ」

喜三二は悪びれずに言いました。まじめな春町が眉《まゆ》をひそめます。

「それは続篇なのですかね」

「だって、下手におれが口を出すより、そのほうがおまえも書きやすいだろ」

春町は直接《ちょくせつ》は答えず、重三郎に言います。

「正直、喜三二さんの作品を読んで、やられたと思ったよ。私がおそれてできなかったことを、喜三二さんは見事にやってのけた。さすが第一人者だ」

「よせよ、照れるじゃないか」

喜三二はたてつづけに酒を飲み干《ほ》しました。春町はまだ酒を飲んでいないのに、顔が少し赤くなっています。

「だから、私も、これを超えるような作品を書きたい。ぜひ、書かせてくれ」

重三郎にとっては、このうえなくうれしい申し出です。

「もちろん、こちらからもお願いします」

重三郎が頭を下げると、喜三二が拍手《はくしゅ》しました。

「よし、めでたしめでたし、だな。じゃあ、飲みに行くか」

「平沢様にはまずお水を」

重三郎は立ちあがりました。喜三二もつづいて立ちあがりますが、少し足もとがおぼつきません。春町があわてて支《ささ》えました。

「あれ？」

喜三二が首をかしげました。

「春町、おまえ、ずいぶんとやせてないか？」

「気のせいですよ」

春町は否定《ひてい》しましたが、重三郎の目にも、たしかにやせているように見えたのでした。

4

翌年《よくとし》、寛政《かんせい》元年（天明九年、西暦《せいれき》一七八九年）正月、重三郎《じゅうざぶろう》は恋川春町《こいかわはるまち》作『鸚鵡返文武二道《おうむがえしぶんぶのふたみち》』をはじめ、松平定信の政治《せいじ》を題材にした黄表紙を出版《しゅっぱん》しました。

『鸚鵡返文武二道』は喜三二《きさんじ》作品の鎌倉《かまくら》時代につづいて、平安時代を舞台《ぶたい》としていますが、読む人が読めば、寛政の改革《かいかく》を皮肉っていることはすぐにわかります。そもそも題名からして、松平定信が書いた本『鸚鵡言《おうむのことば》』からとっていて、文章表現《ひょうげん》も定信から借りているのです。まことに挑戦《ちょうせん》的な本です。

これらの黄表紙は前年にも増して、売れに売れます。増し刷りを重ねて、三月ごろまで売れつづけたので、重三郎もてんてこまいでした。

「恋川先生も喜《よろこ》んでいるにちがいない」

重三郎はそう思って、何度かお礼の宴会《えんかい》に誘《さそ》ったのですが、春町はお役目が忙《いそが》しいと言って、応《おう》じてくれません。以前にも藩《はん》の仕事に追われて執筆《しっぴつ》をひかえていた時期があったので、不思議ではありませんが、気になります。

これまでなら、喜三二に様子を聞いてみるところですが、戯作《げさく》を禁《きん》じられている喜三二に会うのは考慮《こうりょ》しておくべきでしょう。重三郎は狂歌《きょうか》仲間のつてをたどって、情報《じょうほう》を集めようとしました。しかし、春町に会ったという人はいません。

『鸚鵡返文武二道』について、幕府《ばくふ》から話を聞きたいと呼《よ》び出しを受けているらしいのですが、それも断《ことわ》っているといいます。

心配していると、意外な人物が知らせてくれました。隠居《いんきょ》していた鱗形屋孫兵衛《うろこがたやまごべえ》です。孫兵衛は江戸《えど》に戻《もど》っていますが、病気をしたこともあって、出版からは手を引いています。

「恋川先生も病気らしい。かなり悪いようで、見舞《みま》いに行ったけど、会わせてはもらえなかった」

悪い予感が現実《げんじつ》になって、重三郎は軽く胸《むね》をおさえました。春町は病気を自覚していたからこそ、あれほど思い切った作品を書いたのかもしれません。そして、その作品は『文武二道万石通《ぶんぶにどうまんごくどおし》』につづいて、一万部を超《こ》える大ベストセラーとなりました。黄表紙の創始者《そうししゃ》である恋川春町が、最後に書いた傑作《けっさく》です。

「私はおまえも心配だ」

孫兵衛は声をひそめます。

「私が見こんだとおり、おまえの出す本はおもしろいが、やりすぎてお上ににらまれたら、あとが大変だぞ」

孫兵衛はそう告《つ》げたあと、梅干《うめぼ》しでも食べたかのように、口をすぼめました。無料で助言したことを後悔《こうかい》したのかもしれません。

「とにかく、おまえのことはずっと見ているぞ。私が見つけた才能《さいのう》が、どこまで伸《の》びるのか、楽しみにしている」

言うだけ言って、孫兵衛はきびすを返しました。

重三郎も、お上ににらまれたくないとは思います。しかし、それ以上に、まだ何も禁じられていないのに、自分からやめるのは違《ちが》うと思うのです。喜三二のような武士《ぶし》にはしがらみが多いので、手を引かざるをえないのはわかります。そのぶん、町人が意地を見せるときです。

重三郎はその後、恋川春町の見舞いに行きましたが、やはり面会はかないませんでした。

恋川春町は秋のはじめに世を去ります。まだ四十六歳《さい》でした。朋誠堂喜三二《ほうせいどうきさんじ》は親友の死を悲しみ、酒も飲まずに泣いていたと言います。

松平定信の政権《せいけん》から、最初に処分《しょぶん》された戯作は、この年、寛政元年の『天下一面鏡梅鉢《てんかいちめんかがみのうめばち》』と『黒白水鏡《こくびゃくみずかがみ》』という黄表紙でした。

『天下一面鏡梅鉢』は寛政の改革を皮肉った作品で、これまた売れて読者に喜ばれましたが、絶版《ぜっぱん》、つまり出版禁止を命じられ、作者は二年間の執筆禁止の処分を受けました。

『黒白水鏡』は、田沼《たぬま》時代に田沼意次《おきつぐ》の息子が暗殺《あんさつ》された事件《じけん》をあつかったものです。作者は江戸追放、さし絵を描いた絵師《えし》には罰金《ばっきん》が命じられました。重三郎の出版ではありませんが、絵師が北尾政演《きたおまさのぶ》、つまり山東京伝《さんとうきょうでん》でした。絵の仕事を減《へ》らした京伝ですが、この作品は義理《ぎり》があって引き受けていたのでした。

知らせを聞いて、重三郎はすぐに京伝のもとをたずねました。近くの店の団子《だんご》を差し入れに持っていきます。

「このたびはとんだ災難《さいなん》でしたね」

重三郎が切り出すと、京伝はうなずきました。

「自分で書いた話で罰《ばつ》を受けるなら仕方ないが、さし絵で罰金は腹《はら》が立つね。むりやり連れて行かれた湯屋で火事にあったようなものだ」

「お、湯屋に行きますか」

重三郎が応じると、面倒《めんどう》くさがりの京伝は苦笑しました。

「それはともかく、人の作品に絵を描くのはもうやめるよ。自分で書くものも、少しは考えないとね。時代の流れに沿《そ》った作品を書くのも腕《うで》のうちだ」

「先生なら、まじめな本も読みやすく書けるでしょうね。でも、うちではまだまだ戯作をお願いします。政治を批判《ひはん》するとまずいようですから、それだけは避《さ》けていきましょう」

「うん、吉原《よしわら》に取材に行って、洒落本《しゃれぼん》を書こう」

京伝はいつもと変わらぬ様子だったので、重三郎は安心しました。

しかし、その帰り道のことです。重三郎は背後《はいご》からいきなり、強く突《つ》かれました。二歩ほど進んで何とか踏《ふ》みとどまり、後ろを向きます。

「よう、蔦屋《つたや》」

冷たい声がかかりました。

「羽振《はぶ》りがよさそうで、けっこうなことだ」

声の主を見て、重三郎は青ざめました。久《ひさ》しぶりですが、その顔を忘《わす》れたことはありません。

吉原にうらみをもつ同心、長山新蔵《ながやましんぞう》です。十年以上前、鱗形屋の事件に関連して、重三郎はこの男にひどく痛《いた》めつけられました。

「私に御用《ごよう》でしょうか」

「用というほどでもない。単なるあいさつだよ。これからおもしろくなりそうだからな」

長山は蛇《へび》のような目で、重三郎を見すえました。

「風紀《ふうき》を乱《みだ》すやつは江戸にはおいておけない。善良《ぜんりょう》な町人なら、そう思うよな」

「……ええ」

重三郎がうなずくと、長山は音もなく前に出ました。十手で、重三郎の肩《かた》をたたきます。にぶい痛みが走りました。

「覚悟《かくご》しておくんだな」

言い残して、長山は去っていきます。

重三郎はその後ろ姿《すがた》をにらみながら、思案をめぐらせていました。幕府はいよいよ出版をおさえつけにかかるのでしょうか。それとも、長山が個人的《こじんてき》なうらみで重三郎をおどしただけなのでしょうか。

どちらにしても、警戒《けいかい》しておいたほうがよさそうです。ただ、ここで完全に引いたら、圧力《あつりょく》に負けたことになります。正面から反抗《はんこう》して処罰《しょばつ》されるのはばからしいですが、ただおとなしくしたがうのも性《しょう》に合いません。頭を下げながら、見えないところで舌《した》を出す。町人らしくしたたかに、権力《けんりょく》とやりあいたいものです。

「戯作の出版で命まではとられないだろう。禁じられたら抜《ぬ》け道《みち》を探《さが》せばいいか」

このときはまだ、楽観的に考えていた重三郎です。ただ、本屋をつづけるために、戯作以外の出版を増《ふ》やす策《さく》も練っていました。

5

翌年《よくとし》、寛政《かんせい》二年（西暦《せいれき》一七九〇年）、重三郎《じゅうざぶろう》は例年通りに黄表紙や洒落本《しゃれぼん》を出しました。ただ、黄表紙では政治《せいじ》を題材にはせず、学問をすすめる話をいれるなど、幕府《ばくふ》の方針《ほうしん》にも気をつかっています。改革《かいかく》の影響《えいきょう》で、まじめな本が売れているからでもありました。

二月、重三郎は山東京伝《さんとうきょうでん》の結婚《けっこん》の宴《うたげ》を企画《きかく》しました。相手は京伝が通いつめていた吉原《よしわら》の遊女です。年季が明けて自由の身になったので、晴れて結婚できました。

京伝は三十歳《さい》です。父親が元気に仕事をしているので、生活には余裕《よゆう》がありますが、将来《しょうらい》には不安を感じているようです。

「家族ができたからには、いつまでも戯作《げさく》を書いてはいられないな。そろそろ引退《いんたい》して、何か商売でもはじめようか」

京伝はいまや、戯作界の第一人者です。重三郎が派手《はで》に宣伝《せんでん》しているためでもありますが、山東京伝の名がつけば、それだけで売上げが計算できます。重三郎としては、引退させるわけにはいきません。

「商売をはじめるなら、もちろん応援《おうえん》しますよ。資金《しきん》も出しますし、お客も紹介《しょうかい》します。ただ、それとは別に、京伝先生なら戯作を商売にしてもいいかもしれません」

実はこの時代、現代《げんだい》でいう印税《いんぜい》や原稿料《げんこうりょう》を作者に払《はら》う習慣《しゅうかん》はありませんでした。できあがった本を渡《わた》し、多く売れた場合は宴会《えんかい》を開いてお礼をするくらいです。重三郎は吉原に招《まね》いてもてなすので、多くの作家に喜《よろこ》ばれています。

「鶴屋《つるや》さんと相談していたのですが、今後は、原稿をいただくたびにまとまったお金をお支払《しはら》いしたいと考えているんですよ」

重三郎が言うと、京伝は目をみはりました。

「それはありがたい。ただ、そうなると、蔦屋《つたや》と鶴屋で、ますますたくさん書かないといけなくなるね」

鶴屋は老舗《しにせ》の地本問屋で、京伝の戯作を多く出版《しゅっぱん》しています。重三郎は鶴屋の主人と親しく、京伝を連れて、ともに日光へ旅行したこともあります。

「もちろん、それがねらいですよ」

「うーん」

京伝は考えこむ様子です。

「でも、戯作は暇《ひま》だから書く、くらいのほうがおもしろくなると思うんだ。仕事にすると質《しつ》が落ちるんじゃないかな。それに、お上の動きも心配だ」

「そうですね、厳《きび》しい決まりがつくられるといううわさもありますから、心配です」

重三郎は同意しながら、強引に話をまとめます。

「でも、私どもは、作家と絵師《えし》、そして読者のためにできるだけのことはしたいと思っています。とりあえず、京伝先生には、来年正月の原稿から、お金を払う方向で考えますよ」

重三郎はさらに、結婚の祝いとして、小判《こばん》を包んで差し出しました。

「助かるよ。妻《つま》は苦労してきたから、幸せにしてやりたいんだ」

新妻《にいづま》を見る京伝の目は温かく、愛にあふれていました。

京伝はしばらく新婚《しんこん》生活を楽しんでいました。湯屋に行く回数も増《ふ》えたようです。

しかし、五月になってついに、幕府の出版に対する圧力《あつりょく》が、具体的な決まりとなってあらわれました。

「予想以上に厳しい」

重三郎はため息をつきました。

同じ時代をあつかった黄表紙や洒落本、性的《せいてき》な話や絵のある本、政治を論《ろん》じた本などを新しく出版することや、貸本《かしほん》をおこなうことが禁《きん》じられてしまったのです。幕府の政治を皮肉って笑うことは許《ゆる》されませんし、吉原を題材にした本も出せません。蔦屋の商売の半分以上は否定《ひてい》されてしまいました。

「ようするに、出していいのはまじめな本、たとえば歴史《れきし》の本に学問の本、それに古典などか。本を読んで笑うことは絶対《ぜったい》に許さない、という感じだな」

梅乃《うめの》が聞いたら怒《おこ》るだろうなと、重三郎はかつてのあこがれの女性《じょせい》を思い出しました。本を読んで学ぶことも大事ですが、それと同じくらい、本を読んで楽しむことも重要ではないでしょうか。松平定信は人の気持ちがわかっていないようです。それとも、自分の政治が笑われたので、出版業界に腹《はら》を立てているのでしょうか。

幕府が出した決まりには、同時に、本には作者や板元の名を必ず入れること、仲間どうしで本の内容《ないよう》を確認《かくにん》すること、なども定められています。

重三郎はただちに、京伝などの作家と地本問屋の仲間を集めて、対策《たいさく》を話し合いました。

こうした出版統制《とうせい》の決まりは、以前にも出されています。ただ、厳しく取りしまられるのは最初だけで、しだいになあなあになって、だれも守らなくなるものです。

「お上もすべての本を確認することはないだろう。政治の話をしなければ、許されるのではないか」

そういう意見が主流をしめました。重三郎としても、黙《だま》ってしたがうつもりはありません。

「うちも、まずは出してみますよ。どこまで許されるか、試してみます」

ところが、京伝はしぶりました。

「いや、私は戯作を書くのをやめようと思う。結局のところ、戯作を書くのも読むのも暇つぶしなんだ。お上ににらまれてまでやるもんじゃない。無益《むえき》だよ」

重三郎はどきりとしました。京伝の心が戯作から離《はな》れつつあるのは知っていますが、今やめられると、商売にとって大きな打撃《だげき》になります。新作を楽しみに待っている読者も失望させてしまいます。

「おっしゃることはわかります。では、お上にしたがって、歴史物語や教訓話を書いていただきましょう」

重三郎は京伝の意思を認《みと》めつつ、日を変え場所を変えて、熱心に説得《せっとく》しました。

「先日お話ししたとおり、鶴屋さんとうちは原稿料をお支払いします。これは京伝先生だけです。もしお上から罰《ばつ》を受けたら、責任《せきにん》は私がとります」

「重三郎さんの気持ちはわかるけどね、結婚もしたことだし、町人として普通《ふつう》の生活をしてみたいんだよ」

京伝は本来、書くことが好きです。絵も好きでしたが、選んだのは文でした。面倒《めんどう》くさがりの京伝が、創作《そうさく》は依頼《いらい》を次々と引き受けてつづけてきたのです。出版統制の波を受けて、少し気弱になっているだけでしょう。重三郎はそう思って、言葉を重ねます。

「商売をはじめるお手伝いもします。どんな商売をするにしても、戯作者としての先生のお名前は役に立つでしょう」

「うん、重三郎さんが手伝ってくれるなら百人力だ」

「どんな商売にするかは、先生が考えてくださいね」

京伝はもちろん、とうなずきます。

「洒落本は舞台《ぶたい》を変えればいいと思うんですよ。上方を舞台にして、実は吉原の話とか。歌舞伎《かぶき》の話に見せかけるとか。それで、教訓話のような見かけにして、袋入《ふくろい》りで売ります」

「それでお上をだませるかね」

「だますなんてとんでもない。私は正直者ですよ」

重三郎は大きく手をふりました。

「お上のやりたいことはわかりますが、まじめ一辺倒《いっぺんとう》では息がつまります。ときには笑ったり、下世話な話で盛《も》りあがったりしないと、とても生きていけませんよ。おおっぴらにやったら捕《つか》まるでしょうが、おとがめを受けないよう、知恵《ちえ》をめぐらせてやれば、お上も見て見ぬふりをしてくれるのではないでしょうか」

「そうかもなあ」

京伝は少し前向きになったようでした。

重三郎には不安があります。例の同心の顔が頭にちらついているのです。しかし、簡単《かんたん》にしたがうわけにはいきません。町人には町人の意地があるのです。

結局、京伝は七月に翌年分《よくとしぶん》の洒落本の原稿を書きあげました。重三郎が原稿料を払うと、京伝はおどろきました。

「本当にもらえるんだね」

「もちろんです。他の原稿もお願いしますね」

京伝は仕方ない、とうなずきます。このあと、京伝は原稿料を支払う蔦屋と鶴屋だけで、戯作を書くようになります。

また、この秋、京伝のもとをひとりの若者《わかもの》がたずねてきました。応対《おうたい》に出る妻に、京伝が声をかけます。

「蔦屋の使いなら、私はいないと言ってくれ」

黄表紙の原稿がまだできていないのです。しかし、若者は蔦屋の使いではありませんでした。滝沢左七郎《たきざわさしちろう》と名乗ります。

知らない名前だったので、京伝は首をかしげながら立ちあがりました。まだ顔も見せないうちから、若者が声を張《は》りあげます。

「戯作を書きたいのです。弟子にしてください」

「私は弟子はとらないよ」

京伝は断《ことわ》りました。

「戯作は人に教えるものではないし、それで食べていけるものでもないから」

「でも、先生は原稿料をもらっていると聞きました。おれもそうなりたいのです。文章に自信はあります。どうかお願いします」

若者は身の上を語りました。年齢《ねんれい》は二十四歳、下級の武士《ぶし》の家に生まれ、苦労して育ったそうです。

「おれが書いた作品です。読んでみてください」

ぼろぼろの紙束を突《つ》き出されて、京伝はとまどいました。

「私よりも、蔦屋の重三郎さんあたりに読んでもらえばいいのに」

「おれは先生に読んでほしいのです」

読まなければ、若者は帰りそうにありません。京伝は仕方なく読みはじめました。

「ほう」

思わず声がもれます。さっと読んだだけでも、若者に才能《さいのう》があることはわかりました。まだ荒削《あらけず》りですが、それでも世に出ている作家の大部分より上だと思われます。

「弟子はとらない」

京伝は再《ふたた》び言いました。

「けれど、友人としてつきあうのはかまわないよ。締切《しめきり》がないときに来てくれれば、本の話をしよう」

「ありがとうございます。でも、私は勝手に弟子と名乗りますよ」

若者は挑戦的《ちょうせんてき》な笑みを浮《う》かべました。

これが後《のち》に『南総里見八犬伝《なんそうさとみはっけんでん》』『椿説弓張月《ちんせつゆみはりづき》』などの作品を発表して、人気作家となる曲亭《きょくてい》馬琴《ばきん》です。馬琴は日本ではじめての職業《しょくぎょう》作家、つまり原稿を書いて得《え》た収入《しゅうにゅう》だけで生活できた作家と言われています。

京伝は馬琴を重三郎に紹介しました。重三郎も原稿を読んで、すぐに馬琴の才能を認めます。

「なるほど、京伝先生が感心するのもわかります。将来が楽しみですね。ぜひ本にしたいところですが……」

蔦屋の正月発売の本はもうすべて決まっていて、職人《しょくにん》にも空きがありません。それでも、普《ふ》段《だん》の重三郎なら、何とか出版しようと動いたでしょう。しかし、このときの重三郎にはその余裕がありませんでした。

馬琴は別の板元から、京伝の弟子としてデビューすることになります。

6

重三郎《じゅうざぶろう》を悩《なや》ませていたのは、幕府《ばくふ》が出した出版統制《しゅっぱんとうせい》にかかわる命令です。このとき、地本問屋の株仲間《かぶなかま》は幕府に公認《こうにん》されていたのですが、出版する本を厳《きび》しく審査《しんさ》するように、との命令が株仲間に出されたのです。

重三郎はちょうど株仲間の世話役をつとめており、幕府の命令に対応《たいおう》しなければなりませんでした。しかし、厳しく審査すれば、京伝《きょうでん》の洒落本《しゃれぼん》は出版できなくなってしまいます。十月のことで、もう版木《はんぎ》も彫《ほ》り終わっており、今さら出版を中止したくはありません。

頭では引くべきだとわかっています。

危《あぶ》ないのは三冊《さつ》の洒落本だけで、黄表紙は幕府の方針《ほうしん》にそって書いてもらったので、問題なく出せるでしょう。損害《そんがい》は出ますが、蔦屋《つたや》はこれまで多くの利益《りえき》をあげてきたので、つぶれる心配は無用です。幕府にしたがって洒落本の出版はやめ、おとなしくしているのが得策《とくさく》です。

でも、どうにも納得《なっとく》できません。駆《か》け出しのころなら、重三郎はあきらめたでしょう。しかし、今や蔦屋は、江戸《えど》を代表する地本問屋に成長しています。簡単《かんたん》に引き下がってなるものか、という思いがあります。

ここで引いたら、洒落本は出せなくなります。吉原《よしわら》はただでさえ、倹約《けんやく》の命令で不景気になっています。洒落本で宣伝《せんでん》しなければ、ますます客足が遠のくでしょう。

理屈《りくつ》はともかく、重三郎はお上に負けたくなかったのです。強い者の言いなりになるのはまっぴらごめんです。張《は》れるところまで意地を張りたいのです。

「決めた。絶対《ぜったい》に出す」

重三郎はそれでも、形式だけは整えました。行事《ぎょうじ》という審査役《しんさやく》になじみの者を立て、審査したことにして、出版にこぎつけます。

「罰《ばっ》するなら罰すればいい。江戸を追放になったら、どこかよそで商売をするだけだ」

そう腹《はら》をくくって、正月を迎《むか》えました。

日本橋の耕書堂《こうしょどう》には、例年と同じく大勢《おおぜい》の客がつめかけます。

「山東《さんとう》京伝の本はあるかい？　もう戯作《げさく》はやめたといううわさがあったんだが」

重三郎は笑顔で答えます。

「ご心配なく。ちゃんとありますよ。事情《じじょう》は中に書いてあります」

実は黄表紙の一冊に、重三郎自身が登場しているのです。筆を折ろうとする京伝を必死に引きとめて書いてもらった、と説明しています。

「……吉原の話はないのか？」

声をひそめる客に、重三郎は明るい声で応《おう》じます。

「ありません！　禁《きん》じられていますからね」

そのあとで、小声ですすめます。

「こちらの教訓本はいかがですか。京伝先生の作品ですよ。袋入《ふくろい》りで内容《ないよう》はご覧《らん》いただけませんが、お客様にはきっと満足していただけると思います」

客はにやりと笑いました。

「なるほど、おすすめか。信用していいんだろうね」

「ええ、蔦屋が自信をもってお届《とど》けする山東京伝の本ですよ」

「よし、買った」

袋入りの「教訓本」は予想以上に売れました。買った客も内容についてはふれません。吉原でひそかな話題になった程度《ていど》です。

しかし、見逃《みのが》してはもらえませんでした。

三月のある日、長山新蔵《ながやましんぞう》が仲間の同心《どうしん》とともに、耕書堂に乗りこんできたのです。目明《めあか》しも二人、したがっています。

「蔦屋重三郎、奉行所《ぶぎょうしょ》まで来てもらおうか」

店は大騒《おおさわ》ぎになりました。本を手にとっていた客たちが、我先《われさき》にと逃《に》げていきます。長山は客を無視《むし》して重三郎に歩みより、いきなり胸《むな》ぐらをつかみました。

「やっとおまえを捕《と》らえられる。おれはうれしいよ」

くさい息が、重三郎にかかります。

「おとなしくしますから、手荒《てあら》なまねはよしてください」

重三郎は落ちついていました。すでに覚悟《かくご》はできています。

「私が戻《もど》るまで、店を頼《たの》むよ」

番頭に言いおいて、重三郎は北町奉行所に向かいました。両腕《りょううで》を目明しにつかまれて歩きます。

奉行所に着くと、さっそく取り調べがはじまりました。

長山がいきなり重三郎のほおを張ります。高い音が鳴り、重三郎のほおはみるみるうちに赤くはれあがりました。

「話さなければ、これくらいではすまないからな」

重三郎は声をあげず、表情《ひょうじょう》も変えませんでした。痛《いた》みに耐《た》えて、長山を見つめます。あらかじめ、策《さく》は考えてありました。

長山は蛇《へび》のような目で重三郎をにらみます。

「おまえが出した本、読んだぞ」

ねっとりした口調で言いながら、手にした本をふって見せます。京伝作の洒落本です。

「どこが教訓本だ。よくこれが審査を通ったなんて、主張《しゅちょう》できるな」

「厳しく審査されていれば、出版できなかったでしょう。私が二人の行事に無理を言って通してもらったのです」

重三郎が告白《こくはく》したので、長山は眉《まゆ》を寄《よ》せました。

「何だと？」

「その本はおもしろかったでしょう？」

重三郎が言うと、長山は目を血走らせます。

「ふざけるな！　罪人《ざいにん》めが」

「京伝先生の洒落本は遊女に寄りそっているので、人気があるんですよ」

長山は一瞬《いっしゅん》、言葉につまりました。思いあたる節があったのでしょうか。

重三郎はつづけます。

「京伝先生にこれらの本を書かせたのは私です。依頼《いらい》して書かせて、教訓本として売った私が悪いので、私を罰してください。京伝先生に罪《つみ》はありません」

「……そ、そういうわけにいくか！」

長山はどなりましたが、声が大きいだけで、力はありませんでした。すでに罪を認《みと》めている
重三郎は、ふるえあがることはありません。

「くだらない本を出して、世間をまどわした罪は重いぞ！」

「ええ、わかっています。私はいかなる罰も受ける覚悟です」

「さっさと白状《はくじょう》しろ！」

「先ほどから申しあげています。すべて私がやりました」

重三郎は正直に事情を話しました。罪を認めている者には正式に罰を与《あた》える必要があり、同心がなぐるわけにはいきません。長山は怒《いか》りのやり場がなくて、こぶしを握《にぎ》ったり開いたりしています。

「すると、おまえは罪になるとわかっていて、このような本を出したのだな」

「そういうわけではありません。実際《じっさい》にどこまで許《ゆる》されるかは、わかりませんでした。これらの本がおとがめを受けるなら、今後、似《に》たような本は出版しません」

重三郎はすなおに罪を認め、京伝や行事の罪も引き受けるつもりでした。盗《ぬす》みや殺人《さつじん》をおかしたわけではないので、極端《きょくたん》に重い罰は与えられないでしょう。

「ふざけやがって！」

長山がなぐりかかってきます。重三郎は思わず目をつぶりました。

ですが、衝撃《しょうげき》はありませんでした。目を開けると、長山が仲間の同心に引きずられていくところでした。

同心たちは奥《おく》の部屋で、何やらもめているようです。重三郎は落ちつかないまま、待たされました。罪を引き受けて終わりにはならないのでしょうか。いっそ、思いきりなぐられたほうがよかったでしょうか。

しばらくすると、別の同心がやってきました。

「蔦屋重三郎、奉行様《ぶぎょうさま》がお呼《よ》びだ。こっちに来い」

江戸町奉行《えどまちぶぎょう》は、江戸の町の行政《ぎょうせい》を担当《たんとう》する役職《やくしょく》で、同心たちを使って治安を守り、裁判《さいばん》をおこないます。北町奉行と南町奉行の二人がいて、一カ月交替《こうたい》で任務《にんむ》に当たっていました。

重三郎は町奉行から直接《ちょくせつ》、取り調べを受けました。この事件《じけん》は長山の個人的《こじんてき》なうらみにとどまらず、政治的《せいじてき》な問題になっているのでした。

その後、町奉行の指揮《しき》により、関係者はすべて調査《ちょうさ》され、やがて罰が決まりました。

重三郎には一年の売上げの半分に達する巨額《きょがく》の罰金《ばっきん》、山東京伝には手鎖《てじょう》五十日、行事にも軽《けい》追放といって、江戸からの追放処分《しょぶん》が下されます。

処分を言い渡《わた》されたとき、重三郎は想像《そうぞう》を超《こ》える罰の重さに眉をひそめました。自分の罰金はかなり高いですが、払《はら》えないことはありません。京伝の手鎖というのは、文字通り、手を鎖につないで過《す》ごす罰です。執筆《しっぴつ》はもちろん無理ですし、日常生活《にちじょうせいかつ》も不自由になります。人前に出にくくなるでしょう。

「京伝先生、まことに申《もう》し訳《わけ》ございません。手鎖のあいだは、うちのほうでお世話しますし、お金の面でも心配のないようにします」

「ありがとう。この機会に、商売のことをじっくり考えるよ」

京伝はすっかり意気消沈《いきしょうちん》した様子です。重三郎は申し訳ない気持ちでいっぱいでした。自分が意地を張ったばかりに、作家を罪人にしてしまったのです。

二人の行事に重い罰が下ったことは、さらに大きな衝撃でした。重三郎が事件にまきこんだせいで、彼《かれ》らは江戸にいられなくなってしまいました。重三郎は二人に迷惑《めいわく》をかけた分の金を払い、江戸を離《はな》れても仕事を頼むと約束しました。

幕府が重三郎と京伝に厳しい罰を与えたのは、明らかに見せしめでした。業界で有名な二人を処分することで、後につづく者が出ないよう警告《けいこく》したのです。

重三郎はしばらく布団《ふとん》から出られませんでした。お上に負けまいと意地を張ったばかりに、大きな打撃《だげき》を受けてしまったのです。自分だけならともかく、他人をまきこんでしまったのは痛恨《つうこん》です。しかし、黙《だま》って出版をとりやめればよかったとは思いません。お上が出版を意のままにしようとしたとき、抵抗《ていこう》せずにしたがうのでは、この仕事をやっている甲斐《かい》がありません。

「試されるのはこれからだ」

重三郎は三日悩んで、気持ちを切り替《か》えました。罰を受けて小さくなってはいけません。これまで以上に、世間をさわがせる仕事がしたいと思います。

「お上の意向はわかった。それならそれで、怒《おこ》られない範囲《はんい》で商売するだけだ。準備《じゅんび》はしてきているんだ」

重三郎は下を向くことなく、新しい道を歩みはじめるのです。

四章

謎の天才絵師

1

刷りあがった美人画を見て、重三郎《じゅうざぶろう》は大きく息をつきました。

「すばらしい。こんな色っぽい絵ははじめてだ。いつまでも見ていられる。絵の中に入りたいくらいだよ」

下絵の時点で、一時代を築《きず》くほどの絵になるという確信《かくしん》はありました。全身ではなく、胸《むね》から上だけを描くことで、表情《ひょうじょう》や仕草がより細かく表現《ひょうげん》でき、女性《じょせい》の魅力《みりょく》が増《ま》しています。これは大首絵という手法で、以前からありましたが、これほど女性を生き生きと美しく描けるのは、この絵師《えし》が持つ独自《どくじ》の感覚と観察眼《かんさつがん》のおかげでしょう。

しかし、当の絵師、喜多川歌麿《きたがわうたまろ》は不満そうに眉《まゆ》を寄せています。

「背景《はいけい》を白にして、人物を際立《きわだ》たせたのはいいのだが、何と言うか、貧乏《びんぼう》くさくないか？」

「そうかな」

女性ばかり見ていた重三郎は、あらためて全体の印象《いんしょう》を確認《かくにん》しました。

たしかに、歌麿の不満はわかります。背景が白一色だと、錦絵《にしきえ》らしい華やかさに欠けます。よけいなものは描かないほうがいい、とすすめたのは重三郎ですが、そこまでは気がまわっていませんでした。色あざやかな錦絵には、豪華《ごうか》さも必要です。

「思い切って、雲母摺《きらずり》にしようか」

重三郎が提案《ていあん》すると、歌麿はひゅっと息を吸《す》いこみました。

「……ずいぶん高くなるんじゃないか？」

「そりゃそうだ。でも、この絵にはそれだけの価値《かち》がある」

雲母摺というのは、雲母という、薄《うす》くはがれる鉱物《こうぶつ》を混《ま》ぜた絵具で刷る技法《ぎほう》です。雲母の色によって、白、黒、紅《べに》などの種類があります。雲母摺の背景は、絵を動かすときらきらと光って、見る人を楽しませます。平凡《へいぼん》な絵では、背景のほうが目立ってしまいますが、歌麿の絵なら心配はいりません。

雲母摺は費用《ひよう》がかかります。多額《たがく》の罰金《ばっきん》を払《はら》った重三郎としては痛《いた》いですが、罰金を払って店がかたむいた、と思われるのも嫌《いや》ですから、あえて豪華な錦絵を出したいという気持ちもあります。

「まずは試しに刷ってみよう」

重三郎は職人《しょくにん》に頼《たの》んで、背景を白雲母摺にしてみました。

そして刷りあがった絵の美しさといったら、口うるさい歌麿も言葉につまるほどでありました。

重三郎は感動にふるえました。

「……歌麿さん、あんた、一番になったよ。この絵は天下をとれる。美人画なら歌麿だと、ずっと先まで言われるようになる。まちがいない」

「おれは前から一番だった。蔦重《つたじゅう》の目がくもっていただけだ」

歌麿は憎《にく》まれ口をたたきながらも、うれしそうです。

刷《す》り師《し》などの職人たちも口々に褒《ほ》めたたえます。

「これは絶対《ぜったい》に売れますぜ」

「今から増し刷りの用意をしておいたほうがいいですよ」

歌麿はこぶしで目をこすりました。

「ちょっと、ほこりが舞《ま》っているな。おれは外に出てるぞ」

歌麿の背中《せなか》を見送って、重三郎は職人たちに頭を下げました。

「みなさんのおかげで、すばらしい絵になりました。ありがとうございます。後で樽酒《たるざけ》をお届《とど》けします」

刷り師だけではありません。版木《はんぎ》を彫《ほ》る職人も、重三郎は超《ちょう》一流の者を選んで仕事を依頼《いらい》しています。彼《かれ》らの技術《ぎじゅつ》のおかげで、歌麿の才能《さいのう》が十二分に発揮《はっき》されたのです。

重三郎は処分《しょぶん》を受けた寛政《かんせい》三年（西暦《せいれき》一七九一年）から翌年《よくとし》にかけて、喜多川歌麿の『婦女《ふじょ》人相十品《にんそうじっぽん》』『婦人相学拾躰《ふじんそうがくじったい》』という錦絵のシリーズを出版《しゅっぱん》しました。「ポッピンを吹《ふ》く娘《むすめ》」「浮《うわ》気之相《きのそう》」などが有名です。豪華な仕様なので、通常《つうじょう》の錦絵の倍、あるいはそれ以上の値段《ねだん》で売り出しましたが、またたくまに評判《ひょうばん》となりました。

狂歌《きょうか》絵本で名をあげていた歌麿は、これらの作品によって、美人画の第一人者としての名声を得《え》ます。ただ、歌麿がライバルとみなしていた鳥居清長《とりいきよなが》は、家業の看板《かんばん》絵を描くのに忙《いそが》しく、すでに美人画を描かなくなっていました。

「蔦重がもっと早く描かせてくれていたら、あいつに勝てたのに」

歌麿はぶつぶつと文句《もんく》を言っていました。

重三郎としては、美人画の競争が少なくなった状況《じょうきょう》と、歌麿の腕前《うでまえ》があがったのを見はからって出したわけです。幕府《ばくふ》の出版統制《とうせい》で本が出しにくくなったからでもあります。

歌麿を紹介《しょうかい》した北尾重政《きたおしげまさ》も喜《よろこ》んでくれました。

「よくここまで育ててくれたものだ」

「育てたつもりはありませんが、たくさん売れたので私も助かりました」

歌麿は最初から売れていたわけではありません。徐々《じょじょ》に力をつけ、自分なりの描き方を生み出し、ふさわしい題材を見つけて、はばたいたのです。重三郎は画力をあげる手伝いはしていませんが、ずっと支《ささ》えてきて、またとないタイミングで大きく売り出したのは手柄《てがら》と言えるでしょう。

歌麿の成功は、重三郎にとっても自信になりました。若《わか》い絵師や作家を売り出したい、という気持ちがさらに強くなってきたのでした。


洒落本《しゃれぼん》で処罰《しょばつ》を受けたのは、重三郎が四十二歳《さい》の年です。罰《ばつ》の重さはともかく、戯作《げさく》が禁《きん》じられるのは見越《みこ》していたので、重三郎は商売を広げる手を打っていました。

歌麿の美人画もそのひとつです。さらにこの年には、書物問屋の株《かぶ》を買って、儒学《じゅがく》や歴史《れきし》など、かたい内容《ないよう》の本も出版できるようにしました。

儒学というのは、中国古代の孔子《こうし》という人にはじまる思想、学問です。親孝行《おやこうこう》や主君への忠《ちゅう》誠《せい》、民にやさしい政治《せいじ》などを説き、東アジアの文化に大きな影響《えいきょう》を与《あた》えました。寛政の改革《かいかく》では、儒学のひとつ、朱子学《しゅしがく》を学ぶよう命じられています。

重三郎はまた、名古屋の本屋との協力関係を築き、地域《ちいき》を越《こ》えた出版に乗り出していました。名古屋で話題になった本を蔦屋《つたや》から出したり、江戸《えど》で売れた本を名古屋で出したりするのです。

精力的《せいりょくてき》に活動する重三郎に対して、手鎖《てじょう》の罰を受けた山東京伝《さんとうきょうでん》は落ちこんでいました。

「世間がまぶしくて仕方がないよ。もう何も書けないような気がする」

重三郎は必死ではげましました。

「お上の方針《ほうしん》にそった本も売れています。昔からの読者は先生の作品を待っていますし、新しい読者も期待できます。ぎりぎりまで待ちますから、ぜひ書いてください」

重三郎の言葉に嘘《うそ》はありません。

皮肉なことに、山東京伝の名は、幕府に反抗《はんこう》して処分された作家として、本を読まない人や子どもにも知られるようになっていました。京伝には、以前にも増して注目が集まっています。

重三郎は歴史や昔話を題材にした黄表紙を京伝に依頼していました。幕府は文武両道《ぶんぶりょうどう》をすすめていますから、武将《ぶしょう》が活躍《かつやく》するような物語や、道徳を教えるような物語は安心して売れます。京伝は本来、そういう物語もおもしろく書けるのです。

「話は思いつくのだけど、書く気力がないんだよ」

ため息をつく京伝の横で、弟子を自称《じしょう》する曲亭馬琴《きょくていばきん》が目を輝《かがや》かせました。

「おれが書きますよ。先生の名前で出せばいいじゃないですか」

「代作か……」

京伝はまたため息をつきました。

「私はそれはすすめませんよ」

重三郎は首を横にふりました。一方で、馬琴ならうまく書けるかもしれない、と思いました。

翌年、蔦屋からは京伝作の黄表紙が四作出ますが、一作は馬琴の代作とされています。

重三郎は馬琴の名でも黄表紙を出しました。この馬琴の作品、それから京伝の二作の絵を、重三郎は期待の若手《わかて》絵師である勝川春朗《かつかわしゅんろう》に依頼しています。勝川春朗は、勝川春章《しゅんしょう》の弟子で、年齢《ねんれい》は歌麿の七歳下、馬琴の七歳上です。

重三郎が春朗を使いたい、と師匠《ししょう》の春章に相談したとき、春章はかすかに顔をしかめました。

「ありがたいけど、あいつはあつかいづらいよ」

春章が言うのは、春朗の性格《せいかく》のことでした。

「未熟《みじゅく》なのに、あれをやりたい、これをやりたい、これはおれに合わない、などとうるさいんだ。他の弟子とも仲が悪くてね。才能はまちがいないから、こっちも面倒《めんどう》は見ているのだが、正直、困《こま》っているところもある」

「絵師としては頼もしいくらいですよ。うまくなりたい、という気持ちはありますか？」

「ああ、それはあるね。放っておけば、一日中でも絵を描いている」

どうやら、歌麿とよく似《に》た部分があるようです。師匠や他の弟子は迷惑《めいわく》に感じているでしょうが、こういう性格の芸術家《げいじゅつか》は、大成功する可能性《かのうせい》があります。

重三郎は葛飾《かつしか》にある春朗の長屋をたずねました。

「春朗さん、蔦屋です。おじゃましますよ」

声をかけながら、戸をたたきます。

「勝手に入ってくれ」

返事がありましたが、引き戸は開きません。重三郎は首をかしげながら、戸をがたがた動かしました。すると、つまっていたものが外れたのか、一気に戸が開かれました。

「何の用だい？」

やせた男が机《つくえ》に向かっていました。これが勝川春朗です。夏のこととはいえ、着物をひどく着くずしていて、上半身はほぼ裸《はだか》です。

重三郎は思わず鼻を押《お》さえました。何か食べ物が腐《くさ》ったような、妙《みょう》なにおいがしています。せまい部屋は紙切れやら絵具やら桶《おけ》やら椀《わん》やら残飯やらで、ひどく散らかっています。畳《たたみ》は見えず、土間も足の踏《ふ》み場《ば》がありません。小さな虫が飛びかっています。

「えっと、絵を頼みに来たのですが……」

言いかけた重三郎は思わず跳《と》びあがりました。足もとをねずみが駆《か》け抜《ぬ》けていったのです。

「ああ、あがってすわってくれ」

春朗は何事もないように言いますが、すわる場所などどこにもありません。長屋の住人はしまう場所がかぎられているぶん、あまり物を持たず、きちんと整とんしていることが多いのですが、春朗は違《ちが》うようです。

「外で話しましょうか」

重三郎が言うと、春朗ははじめて部屋の様子に気づいたようでした。

「ああ、ここもせまくなってきたから、そろそろ引っ越そうかな」

どうも反応《はんのう》がずれています。春朗は紙の海を泳ぐようにして、玄関《げんかん》までやってきました。

重三郎は懐《ふところ》から、包みを取り出します。

「お子さんたちにお菓子《かし》を買ってきました」

高級な砂糖《さとう》をふんだんに使った上菓子です。春朗は妻《つま》を病気で亡《な》くしていますが、子どもが二人いると聞いていました。子どもたちは外で遊んでいるのだと思ったのですが、紙の海から、黒い頭がふたつ、ひょっこりと出てきました。二人とも十歳に満たないくらいの男の子と女の子です。

春朗は子どもたちに菓子を渡《わた》すと、井戸ばたまで歩いて腰《こし》をおろしました。

「何を描けばいいんだ?」

重三郎はまず、黄表紙のさし絵を三作分、依頼しました。

「指示《しじ》されたとおりに描くのはつまらない」

春朗は文句を言いつつも引き受けました。仕事を選んでいる余裕《よゆう》はまだないのです。

重三郎はつづいて提案します。

「役者絵を出してみませんか」

「おれが?」

春朗は少しおどろいたようでした。

役者絵は歌舞伎《かぶき》役者を描いた浮世絵《うきよえ》で、美人画と並《なら》ぶ人気があります。この分野では、勝川春章をはじめとする勝川派《は》の絵師たちが人気でした。つづいて、歌川豊国《うたがわとよくに》という若いスター絵師が現《あらわ》れて、評価《ひょうか》を高めつつあります。重三郎は豊国とは縁《えん》がなかったので、自前で人気絵師をつくりたいと考えていたのです。

春朗も勝川派の絵師として、役者絵を描いていましたが、評価はそれほど高くありません。ですが、重三郎は部屋をうめるほどの練習量を見て、「ものになる」と思ったのです。

「春朗さんならではの役者絵を描いてください。春朗さんじゃないと描けない絵がほしいのです」

重三郎は熱をこめて語りました。念頭にあるのはやはり歌麿です。歌麿の美人画は、歌麿にしか描けない領域《りょういき》に達しています。それに並ぶような役者絵を描かせたいのです。

「よし、やってやる」

春朗は力強くうなずきました。ただ、目の輝きがいまひとつ足りないように、重三郎には感じられました。

2

寛政《かんせい》四年（西暦《せいれき》一七九二年）五月、山東京伝《さんとうきょうでん》が両国の料亭《りょうてい》で書画会を開きました。これは、京伝がその場で書いた書や絵を売る会です。客からは会費《かいひ》をとり、酒と食事をふるまいます。企画《きかく》、宣伝《せんでん》、運営《うんえい》を担当《たんとう》したのは、蔦屋《つたや》と鶴屋《つるや》です。京伝は煙草《たばこ》入れなどを売る店をはじめることに決めたので、その資金《しきん》を集めるため、書画会を開いたのです。

京伝の背後《はいご》には、曲亭馬琴《きょくていばきん》がひかえていて、墨《すみ》をすったり、お茶を出したりと、かいがいしく世話を焼いています。馬琴は生活に困《こま》っていたため、この三月から蔦屋で手代として働いていました。

馬琴は武士《ぶし》の出身のため、商家で働くことは不本意でした。熱心に取り組むのは、京伝に関する仕事だけです。几帳面《きちょうめん》な性格《せいかく》なので、細かい作業などは向いているように思えるのですが、やはり商売が好きではなさそうです。書きたい物語のことでも考えているのか、お客を前にしても、上の空であることがしばしばでした。

「馬琴には、別に稼《かせ》ぐ手段を見つけてやらないとなあ」

客の質問《しつもん》に答えられず、まごまごしている馬琴のもとに駆《か》けよりつつ、重三郎《じゅうざぶろう》は思いました。

京伝の店では、京伝みずからがデザインした煙草入れやキセルなどの煙草用品を売る予定です。倹約《けんやく》しろという命令が出ているため、江戸の人々は派手《はで》な着物などは着られません。そのかわりに、懐《ふところ》に入れる小物でお洒落《しゃれ》をしようという風潮《ふうちょう》が生まれました。煙草入れはそれにぴったりなので、きっとうまくいくはずです。

書画を買いもとめたり、京伝と話したがったりする客をさばきつつ、鶴屋の主人、喜右衛門《きえもん》と重三郎は会話をかわします。

「京伝先生も元気を取り戻《もど》したようでよかった。一時はどうなることかと思ったよ」

「ええ、ありがたいかぎりです」

重三郎は心からうなずきました。

鶴屋と蔦屋は、京伝に原稿料《げんこうりょう》を払《はら》って、その作品を独占《どくせん》しています。京伝の執筆意欲《しっぴついよく》が店の売上げにつながるので、京伝のためにいろいろと骨《ほね》を折っています。

「しかし、蔦重はへこたれないね。あれだけ厳《きび》しい罰《ばつ》を受けたのだから、おとなしくなるかと思っていたら、ますます精《せい》を出して働いている」

「私はおとなしくしているつもりですよ」

すました顔で重三郎は応《おう》じました。聞いていた客たちが笑います。

「頼《たの》もしいかぎりだ」

微笑《びしょう》してから、喜右衛門は声をひそめました。

「そういえば、この前、市兵衛《いちべえ》さんも罰を受けたってね」

重三郎も話は聞いています。

『解体新書《かいたいしんしょ》』の出版《しゅっぱん》で知られる書物問屋の須原屋《すはらや》市兵衛が、罰金《ばっきん》の処分《しょぶん》を受けたそうです。仙《せん》台藩士《だいはんし》の林子平《はやししへい》という人が、政治《せいじ》や外交を論《ろん》じた『海国兵談《かいこくへいだん》』を書いて処分されたのですが、須原屋は彼《かれ》の著作《ちょさく》を出版していたため、並《なら》んで罰せられたのでした。

「嫌な世の中になったねえ」

喜右衛門は声に出さずにつぶやきました。

重三郎は同意しながらも、不幸をなげいてはいませんでした。どのような環境《かんきょう》であってもできることはある、と考えているのです。

翌年《よくとし》、京伝が三十三歳《さい》の年、煙草入れ店が京橋銀座《ぎんざ》に開店しました。開店の日は、京伝も店頭に立ってあいさつをします。重三郎たちが強くすすめたので、湯屋で身体を洗《あら》い、髪結《かみゆ》いにも行って、さっぱりした姿《すがた》でした。

京伝はみずから引札《ひきふだ》、すなわち宣伝チラシを書いて配りました。文才も画才もある京伝ですから、引札の効果《こうか》も大きく、店は繁盛《はんじょう》しました。

ただ、京伝は店の経営《けいえい》を父に任《まか》せ、執筆をつづけています。小物のデザインを考えるとともに、黄表紙で店を宣伝し、また自身の名声で客を呼《よ》ぶことが、京伝の仕事でした。

「戯作《げさく》者が道楽で商売をはじめたらしい」

などとやっかむ声もありましたが、京伝の主張はむしろ逆《ぎゃく》です。

「町人は仕事を持つべき。戯作は仕事ではない」

そう考えていますから、家業となる店を開いたことに、大いに満足しているのでした。重三郎としては、「煙草入れより原稿」なのですが、京伝に気持ちよく書いてもらうため、骨を惜《お》しまず協力していました。

同じ年、寛政五年（西暦一七九三年）七月、松平定信が老中をやめさせられました。将軍《しょうぐん》との対立などが原因《げんいん》とされていますが、厳しい改革《かいかく》への不満が高まっていたことも理由のひとつです。

定信の政治を皮肉った狂歌《きょうか》が知られています。

「白河《しらかわ》の清きに魚もすみかねて　元の濁《にご》りの田沼恋《たぬまこい》しき」

白河というのは、白河藩主《はんしゅ》であった定信を指します。わいろ政治の田沼時代のほうがよかった、という意味です。

「世の中に蚊《か》ほどうるさきものはなし　ぶんぶ（文武《ぶんぶ》）というて夜もねられず」

定信がすすめた文武両道を蚊の飛ぶ音になぞらえています。

この二つの狂歌は、評論家《ひょうろんか》で狂歌師《きょうかし》の大田南畝《おおたなんぽ》がつくったものだとうわさされましたが、本人は否定《ひてい》しています。南畝は狂歌の詠《よ》み手としてもっとも有名だったので、そういううわさが流れたのでしょう。

南畝自身は、幕府《ばくふ》の方針《ほうしん》にしたがって勉強もしており、幕府がおこなった試験に首席合格《ごうかく》するなど、才能《さいのう》をしめしました。それでも、狂歌仲間との交流はつづいており、京伝の開店には祝いの詩を贈《おく》っていますし、重三郎の母が亡《な》くなったときにはとむらいの言葉を寄せています。

松平定信が政権《せいけん》から去っても、寛政の改革の方針は変わりませんでした。倹約せよ、贅沢《ぜいたく》するな、学問をせよ、武芸《ぶげい》にはげめ、と、まるで口うるさい親のようです。

戯作だけでなく、錦絵《にしきえ》にも様々な制限《せいげん》がかけられました。色の数や彫《ほ》り方、値段《ねだん》などを制限して、どんどん地味になるよう仕向けられましたが、喜多川歌麿《きたがわうたまろ》はそれを逆手《さかて》にとって、新たな表現《ひょうげん》を工夫していきます。

この年、実在《じつざい》の女性《じょせい》をモデルにした美人画が流行しました。歌麿が特徴《とくちょう》をとらえた美人画を描いたので、茶屋などで働く娘《むすめ》が、現代《げんだい》のアイドルのような人気を得《え》るようになります。やがて、モデルの名前を入れることは禁《きん》じられますが、歌麿と重三郎は謎《なぞ》かけでモデルがわかるようにして対抗《たいこう》しました。

歌麿が美人画で大成功する一方で、重三郎は悩《なや》んでいました。役者絵のほうがなかなかうまくいかないのです。

歌麿は言います。

「あれもこれも売ろうなんて考えるな。おれほどの絵師《えし》がそうそう出てくるわけがないだろう」

「それはわかっているのだけどね」

重三郎は応じますが、内心では、どこかに才能が眠《ねむ》っているはずだと思っています。才能を見つけるのが本屋の仕事です。歌麿は重三郎の支《ささ》えがあって花開きましたが、重三郎が出会ったときはすでに西村屋与八《にしむらやよはち》のもとからデビューしていました。山東京伝は十代ですでに世に知られており、重三郎が見出した才能ではありません。二人のような才能を見つけて売り出したい。それが重三郎の夢《ゆめ》です。

この数年、力を入れて売り出していた勝川春朗《かつかわしゅんろう》は、殻《から》を破《やぶ》りきれませんでした。役者絵は彼の才能を発揮《はっき》する分野ではなかったのかもしれません。春朗は勝川派《は》を離《はな》れ、修業《しゅぎょう》をつづけることになります。彼が後に、葛飾北斎《かつしかほくさい》の名で、「富嶽三十六景《ふがくさんじゅうろっけい》」など歴史《れきし》に残る作品を生み出すまでは、もう少し時間がかかるのでした。

蔦屋は北斎の作品を多く出版しており、北斎が描いた耕書堂《こうしょどう》の絵も残されていますが、それは重三郎の死後、二代目の時代に出版されるものです。

さて、役者絵の才能を求めているのは、重三郎だけではありません。このころ、寛政の改革の影響《えいきょう》を受けて、歌舞伎《かぶき》の客も減《へ》っていました。

絵によって役者の魅力《みりょく》を伝え、客を増《ふ》やせないか。重三郎はそういう相談を受けています。金を払うから、自分の絵を描いてほしい。そう頼んでくる役者もいます。役者も売れたいと必死なのです。

寛政六年（西暦一七九四年）になって、正月の忙《いそが》しさが一段落《いちだんらく》したころです。重三郎は関係者に招《まね》かれて歌舞伎を観に行きました。

歌舞伎は安土桃山《あづちももやま》時代に活躍《かつやく》した女性、出雲のお国にはじまります。江戸《えど》時代初期に、女性が演《えん》じることは禁じられ、男性《だんせい》が演じる芝居《しばい》になりました。そして、五代将軍綱吉《つなよし》が治めていた元禄《げんろく》時代、十七世紀《せいき》後半から十八世紀はじめにかけて、庶民《しょみん》文化のひとつとして盛《さか》んになりました。

『仮名手本忠臣蔵《かなでほんちゅうしんぐら》』『義経千本桜《よしつねせんぼんざくら》』など、歌舞伎を代表する演目《えんもく》は、もともと人形浄瑠璃《じょうるり》の名作でした。歌舞伎は、人形浄瑠璃から作品や演出《えんしゅつ》の影響を受けて発展《はってん》しています。

十八世紀の半ばすぎには、歌舞伎らしい大がかりな仕掛《しか》けがはじまっていて、舞台《ぶたい》の一部が上下したり、回ったりという演出もおこなわれていました。

この時代の歌舞伎は、朝からはじまって夕方までつづきます。

客は途中《とちゅう》でお腹《なか》が減るので、弁当《べんとう》や寿司《すし》を食べます。このときに食べられていたのが、幕《まく》の内弁当《うちべんとう》です。醤油《しょうゆ》で味付けした一口大のご飯、卵焼《たまごや》き、かまぼこ、焼き豆腐《どうふ》などが重箱に入ったもので、幕間《まくあい》（休憩《きゅうけい》時間）につまむのに適《てき》していました。

寿司はよく屋台で売られていました。にぎり寿司が生まれたのは十九世紀に入ってからで、寛政のころの芝居小屋では、押《お》し寿司や巻《ま》き寿司が食べられています。

重三郎は二階の高級な席に通され、酒を飲んだり、料理を食べたりしながら、歌舞伎を楽しみました。役者たちの演技《えんぎ》は真に迫《せま》っており、脚本《きゃくほん》もよくできていて、一日観ていても飽《あ》きません。

「これだけ楽しいのだから、もっと客が入っていいのにな」

一階の土間席は、半分くらいの入りです。幕間に客の様子を見ていた重三郎は、ふと気づきました。

「ん？　あれは何をしているのだろう」

前列のすみのほうに、紙に何か書いている客がいます。携帯《けいたい》用の筆と墨を使って、引札の隙《すき》間《ま》に細かく書いています。

目をこらしてみると、絵のようです。芝居を観ながら、絵を描いているのでしょうか。

「役者絵の下書きかな」

知り合いの絵師ならあいさつをしよう、と思ったのですが、客の男に見覚えはありません。ひとりで来ているようで、次の幕がはじまっても、まだ描きつづけています。目をあげて芝居を観ては、筆を動かす姿は、異様《いよう》な迫力《はくりょく》がありました。絵じたいははっきり見えませんが、遠目にはととのっているように思えます。

重三郎は男が気になって、芝居に集中できなくなりました。招いてくれた芝居小屋の関係者にたずねます。

「あのお客はいつも来ているのですか？」

「ああ、あの絵描きさん？　何度か見たことがありますよ。去年からですかねえ」

役者を描いているようなので、名のある絵師かもしれないと思って、声をかけたこともあるといいます。しかし、何も答えず、そそくさと去ってしまったそうです。

「絵はちょっと変わってましたね。うまいとは思いますけど、役者絵という感じではありませんでした」

重三郎はますます興味《きょうみ》を持ちました。まずはその絵を見たいと思います。男が絵師でなくても、あれだけ熱心に描いているのですから、何かヒントが得られるかもしれません。

幕が下りると、重三郎は男を追いかけて、小屋の前で話しかけました。

「絵が好きなんですか」

男が振《ふ》り返って眉《まゆ》をひそめました。

重三郎はていねいに頭を下げます。

「いや、失礼しました。私は本屋をやっている蔦屋重三郎といいます。あなたが芝居小屋で絵

を描いているのが目に入ったので、声をかけさせてもらいました」

「蔦屋って、あの蔦屋？　耕書堂の？」

「はい、そうです」

男はなお疑《うたが》わしげに重三郎を見つめています。男の年齢《ねんれい》は三十歳くらいでしょうか。大きな目が印象的《いんしょうてき》で、声には張りがあります。着物もまげもこざっぱりとしていて、妙《みょう》な雰囲気《ふんいき》はありません。先ほど、絵を描いていたときの様子とはまったくちがって、別人のようです。

「どこかで絵を出していらっしゃいますか？」

「いや、好きで描いているだけですけど……」

「冷えてきましたね。そこの屋台で一杯《ぱい》どうですか？」

重三郎は男をやや強引に誘《さそ》いました。

3

男は斎藤十郎兵衛《さいとうじゅうろべえ》と名乗りました。猿楽《さるがく》の役者として、徳島藩《とくしまはん》に仕えているそうです。猿楽は明治以降《いこう》、能楽《のうがく》と呼《よ》ばれるようになる芸能《げいのう》です。能面《のうめん》をつけた役者が、歌や太鼓《たいこ》にあわせて舞《ま》い、物語を演《えん》じます。室町時代からつづく長い歴史《れきし》を持ち、とくに武家《ぶけ》社会で好まれています。

「最初は猿楽の参考に見ていたのですが、役者絵をまねて絵を描きはじめたら、それがおもしろくて……」

十郎兵衛は語りはじめました。酒はなめるくらいで、隣《となり》の屋台で買った魚の天ぷらをもぐもぐと食べています。

天ぷらは、ポルトガルの料理をもとに長崎で生まれ、東へと広がった食べ物です。田沼《たぬま》時代に江戸《えど》にも伝わって、庶民《しょみん》の間で人気になりました。おもに屋台でくしに刺《さ》して売っています。

値段《ねだん》も安く、子どものおやつや酒のつまみとして人気です。

「絵の師匠《ししょう》はどなたですか」

「そんなのはいませんよ。はじめは勝川春章《かつかわしゅんしょう》さんとかを見て描いていましたが、今は好きなように描いています。だれに見せるつもりもないですし」

「いや、ぜひ見せてください。あれだけ熱心に描いて、人に見せないのはもったいないですよ」

重三郎《じゅうざぶろう》は迫《せま》りました。

「勘弁《かんべん》してください。下手の横好きなんですよ」

十郎兵衛は恥《は》ずかしがっていましたが、やがて一枚《まい》の紙を見せてくれました。芝居《しばい》小屋の引《ひき》札《ふだ》の余白《よはく》に、役者の顔が描かれています。

「……これは……」

重三郎は言葉を失いました。

「下手ですよね」

十郎兵衛が引っこめます。

「……市川蝦蔵《いちかわえびぞう》ですか」

重三郎が有名な役者の名前をあげると、十郎兵衛ははにかみながらうなずきました。

「こんなのを描いてたら、怒《おこ》られますよね」

「いえ、そんなことはありません。これはすばらしい作品ですよ」

重三郎は興奮《こうふん》していました。

「他の絵も見せてください。早く、早く」

「え、ええ……」

とまどいながら出された絵の数々を、重三郎は食い入るように見つめました。

「私が求めていたのはこれだ」

重三郎は我《われ》を忘《わす》れていました。

十郎兵衛の絵は、目や鼻や口、役者の個性《こせい》をこれでもかと強調しています。しゃくれたあごや大きな鼻など、通常《つうじょう》は欠点とされる特徴《とくちょう》も、よりはっきり描かれています。役者絵は特徴をとらえつつも、格好《かっこう》よく描くものですが、そういう配慮《はいりょ》はありません。にもかかわらず、決して嫌味《いやみ》ではなく、むしろ役者の持つ魅力《みりょく》や人間味が、見る者に伝わってくるのです。どの役者が何の役を演じた姿《すがた》なのか、ひと目でわかります。

今までの役者絵とは明らかに違《ちが》います。これはまちがいなく、十郎兵衛にしか描けない絵です。大きな紙に色を使って描いたら、もっと魅力的になるはずです。

やっと才能《さいのう》を見つけた。

重三郎はそう確信《かくしん》しました。絶対《ぜったい》に逃《のが》したくありません。この才能を伸《の》ばし、世間に広めたいと思います。

重三郎は十郎兵衛につかみかかるような勢《いきお》いで言いました。

「うちで役者絵を描いてください。この絵を江戸中で売り出しましょう」

「冗談《じょうだん》はよしてください。私はお金はありませんよ」

「何を言っているのですか。お金を払《はら》うのは私のほうです。十枚でも二十枚でも、描いただけ画料は払います。ぜひお願いします」

「でも……」

十郎兵衛は目を泳がしています。重三郎は落ちつきを取り戻《もど》しました。

「そうですね。急に言われても困《こま》りますよね。では、明日、改めて話をしましょう。お住まいはどちらですか」

十郎兵衛は八丁堀《はっちょうぼり》の徳島藩の屋敷《やしき》に住んでいるそうです。それだけ聞き出して、重三郎は十郎兵衛と別れました。頭のなかには、どういう売り方をするか、様々な考えが渦《うず》を巻《ま》いていました。

翌日《よくじつ》、重三郎は十郎兵衛のもとをたずねました。近くの汁粉屋《しるこや》に誘《さそ》って、温かいお汁粉をすすりながら話します。

「決心はつきましたか」

十郎兵衛はしきりと目をこすっており、よく眠《ねむ》れなかったことがうかがえます。

「役者の仕事が大事ですから……」

「もちろん、本業にさしさわりのない範囲《はんい》でお願いしようと思います」

「いえ、実は今年はそこまで忙《いそが》しくないのですが……」

十郎兵衛は決断力《けつだんりょく》や自信に欠ける性格《せいかく》のようです。作家や絵師《えし》には向かないかもしれません。

それでも、才能はあるのです。重三郎は辛抱《しんぼう》強く説得《せっとく》しました。

やがて、十郎兵衛は言いました。

「私の絵だと知られないようにしてもらえますか」

重三郎はすぐに応《おう》じます。

「もちろんです。絵を描くための家を用意しましょう。筆名も使います。狂歌《きょうか》を詠《よ》むときの名前などでもかまいませんが、知られているなら別の名前がいいですね」

十郎兵衛がうつむきがちに告《つ》げます。

「狂歌では写楽斎《しゃらくさい》という名前を使っていました。自分で楽しむだけですから、人には教えていません」

「なるほど。『写すのが楽しい』と『しゃらくさい』をかけているのですね。いい名前です。大田南畝《おおたなんぽ》先生みたいだ」

重三郎は微笑《びしょう》しました。

「もう少し絵師らしくしましょう。このあたりは江戸の東の洲《しゅう》ですから、東洲斎《とうしゅうさい》写楽はいかがですか」

一瞬《いっしゅん》、十郎兵衛は目を輝《かがや》かせました。気に入ってくれたようです。

そこで、重三郎は企画《きかく》を語りました。無名の新人の場合、一、二点を出してみて、評判《ひょうばん》を確《たし》かめるのが普通《ふつう》ですが、普通のことをやってもおもしろくありません。様子見などせず、一度に大量の作品を出版《しゅっぱん》して、江戸っ子の度肝《どぎも》を抜《ぬ》きます。たくさん出せば、それだけ多くの人の目に触《ふ》れ、作品自体が宣伝《せんでん》になります。絵師が無名で、謎《なぞ》に包まれた存在《そんざい》であれば、その点も人々の興味《きょうみ》をひくでしょう。

「謎の絵師がいきなり何十点も役者絵を売り出す。わくわくしてきますね。きっと、江戸中の話題になりますよ」

「そんなに描けますかね……」

「描いてください」

「う……」

十郎兵衛は黙《だま》りこみました。重三郎が不安に思いはじめたころ、ようやく口を開きます。

「……一年だけ」

「はい？」

「とりあえず一年だけやってみます。それで自信がつけば、絵師を仕事にしてもいいですけど、駄目《だめ》ならやめます」

この一年は、藩主《はんしゅ》が国もとに帰っているため、役者の仕事はあまりないのだそうです。藩主が参勤《さんきん》交代でまた江戸に来れば、忙しくなると言います。

「わかりました。これだけの腕《うで》があるのですから、売れなければ板元の責任《せきにん》です。絶対に売ってみせますよ」

こうして、十八世紀《せいき》末の江戸に、東洲斎写楽が誕生《たんじょう》したのです。

4

寛政《かんせい》六年（西暦《せいれき》一七九四年）夏、重三郎《じゅうざぶろう》による前代未聞の企画《きかく》がはじまりました。だれも知らない絵師《えし》、東洲斎写楽《とうしゅうさいしゃらく》による役者絵が二十八点、一度に発売されたのです。

これらの役者絵は胸《むね》から上を描いた大首絵で、背景《はいけい》に黒雲母を使った豪華《ごうか》なつくりです。喜多川歌麿《きたがわうたまろ》の白雲母を使った美人画と対になるよう考えられています。有名な役者の絵もありましたが、役者絵としては珍《めずら》しく、若手《わかて》の役者や脇役《わきやく》を描いた絵が多数をしめていました。

うわさは発売前から流れていました。

「蔦屋《つたや》がまた妙《みょう》なことを考えているらしい」

「彫《ほ》り師《し》が大忙《おおいそが》しだって」

「天才絵師が発見されたらしいぞ」

吉原《よしわら》の茶屋で、浅草の湯屋で、銀座《ぎんざ》の屋台で、江戸《えど》っ子たちが声高に話しています。

これらのうわさには、重三郎が自分で話した内容《ないよう》もあります。注目を集めようとの作戦です。写楽の役者絵が売り出されると、どんな絵か見てみようという客で、耕書堂《こうしょどう》はごった返しました。重三郎も店頭に立って、声をはりあげます。

「さあ、ひと目見てください。きっとおどろきますよ。今までの役者絵とはまったく違《ちが》います。謎《なぞ》の天才絵師、写楽の役者絵。どうぞ、手にとってみてはいかがですか」

迫力《はくりょく》のある役者絵を見て、感心したような声があがります。

「これは瀬川菊之丞《せがわきくのじょう》か、こっちは大谷鬼次《おおたにおにじ》だな。おもしろい。すぐにわかるぞ」

一方で、首をひねっている客もいます。

「あまり好みじゃないなあ」

写楽の絵は欠点も強調されていますから、おもしろがってくれる客もいますが、格好《かっこう》のいい役者絵を求める客には歓迎《かんげい》されないようです。

その日は一日中、客足がとぎれませんでした。蔦屋の絵をおいている店は、どこも大混雑《だいこんざつ》だったそうです。ただ、客が多いわりに、売れ行きはそこそこでした。豪勢《ごうせい》なつくりで値段《ねだん》も高いので、飛ぶように売れるというわけにはいきません。

「まずは話題になるのが大事なんだ。これでいい」

重三郎は満足しています。多くの人に知ってもらうこと、そして「役者絵といえば写楽」というイメージをつくることが最初の目的です。好きになってくれる人が十人に三人しかいなくても、一万人に知られれば三千人が好きになってくれます。そうやって多くの固定客がつけば、長く売れるのです。

予想していたとおり、写楽の絵には賛否両論《さんぴりょうろん》が集まりました。真っ先に文句《もんく》を言ってきたのは歌麿です。

「あの絵は何だ？　あんな描き方があるか。悪いところを似《に》せても仕方ないだろう」

「でも、これが写楽さんの才なんですよ。こんな絵を描ける人は他にいません」

「おれは描けるけど、描きたくはないね」

歌麿はそっぽを向きました。

「こんな絵に一流の職人《しょくにん》を使うのはもったいない。おれの絵をもっと出せばいい」

「そりゃあ、私も多く出したいですよ。でも、いくら歌麿さんの絵が売れるからといって、頼《たよ》りきりになるわけにはいかないのですよ」

重三郎の考えは商売人としては当然なのですが、歌麿は腹《はら》を立てたようです。そっぽを向いたままでも、顔が赤くなっているのがわかります。

「じゃあ、おれもよその仕事を増《ふ》やすとするよ」

歌麿はすっかりへそを曲げてしまいました。

重三郎はまずいな、と眉《まゆ》をひそめましたが、そこまで深刻《しんこく》には考えていません。歌麿は自分だけを見てほしいと思っています。蔦屋のおかげで売れたわけではなく、自分の力で売れたのだと証明《しょうめい》したい、とも思っています。その点がわかっているので、歌麿との仲は修復《しゅうふく》できるという自信があるのです。

歌舞伎《かぶき》の関係者には、写楽の役者絵はおおむね好評《こうひょう》でした。歌舞伎人気が落ちていて、役者絵の数も減《へ》っていたので、盛《も》りあげてくれるのはうれしいとのことです。

役者たちの反応《はんのう》は様々でした。

「こっちは年齢《ねんれい》を感じさせないように演技《えんぎ》をしているんだ。しわをはっきり描かれたら、それが台無しじゃないか」

女形、つまり女性《じょせい》を演《えん》じる人気役者は腹を立てていました。一方で、はじめて描かれた脇役の役者たちは喜《よろこ》んでいます。

「自分で買うのは恥《は》ずかしいから、女房《にょうぼう》に頼《たの》んで買ってもらったよ」

褒《ほ》めてくれる声を聞くたびに、重三郎は写楽に伝えました。しかし、写楽は批判《ひはん》のほうが気になるようです。

「やっぱり、私には無理だったんですよ」

絵を描くために借りた長屋で、写楽はひざをかかえていました。

「役者さんが怒《おこ》っていると聞きました。売れ行きも悪いのでしょう？　私はもう描くのをやめます」

これは予想していたので、重三郎はあわてません。

「まだはじまったばかりですよ。才を認《みと》めてくれる人もいますから、がんばっていきましょう。天ぷらを買ってきましたからどうぞ」

好物のにおいにつられて、写楽が顔をあげます。穴子《あなご》とエビ、それから魚のすり身の天ぷらです。たっぷりとたれをつけて、木の皮に包んであります。衣が黄金色に輝《かがや》き、たれがつやつやとしていて、いかにも食欲《しょくよく》をそそります。

写楽は立てつづけに天ぷらにかぶりついて、ひと息つきました。少し、気持ちが前向きになったようです。

「次は立ち姿《すがた》を描いてみたいのですが、いいですか？」

「もちろんです。私もそれをお願いしようと思っていたのです」

写楽の個性《こせい》と才能《さいのう》を生かすには大首絵が最適《さいてき》なのですが、拒否《きょひ》反応もありました。それで、別な切り口の作品を出してみようという考えです。

第二弾《だん》は、二人の役者の全身を描いた絵が中心になりました。雲母摺《きらずり》の豪華な大判《おおばん》は八点、他に小さい判が三十点と、大量に作品を並《なら》べます。

「蔦屋さんもこりないねえ」

同業者の笑い声が聞こえてきますが、重三郎は気にしません。

「役者絵なら写楽、新しい写楽の絵が発売されましたよ。どうぞご覧《らん》ください」

声を張《は》りあげて客を呼《よ》びこみます。

しかし、客からの評価《ひょうか》はいまひとつでした。

「おもしろい絵だとは思うけどねえ」

「腕《うで》はあるけど、歌川豊国《うたがわとよくに》にはおよばないな。あれこそ天才だよ」

客だけではありません。耕書堂をたずねてきた評論家《ひょうろんか》の大田南畝《おおたなんぽ》も、苦笑まじりに忠告《ちゅうこく》しました。

「ちょっと写楽に入れこみすぎではないのか？　たしかにうまいが、売れる絵ではないだろう」

重三郎は首を横にふりました。

「いえ、充分《じゅうぶん》に売れていますよ。話題になったぶん、批判が多いように思われるかもしれませんが、早々に売り切れた絵だってあります。平沢《ひらさわ》様も気に入ってくれたようで、三枚《まい》もお買い上げいただきました」

「そりゃ、喜三二《きさんじ》さんはこういうのが好きだろうからな。しかし、本当に多くの客に受けるのか？　つまらない意地を張るのは感心しないぞ」

重三郎は言葉につまりました。たしかに、意地を張っているのでしょう。幕府《ばくふ》にたてついたときと、同じ結果になるのかもしれません。それでも、重三郎は写楽をあきらめたくなかったのです。自分で見つけた才能を信じているのです。

しかし、写楽自身は、自分を信じられずにいました。

締切《しめきり》の日になっても下絵があがってこないので、重三郎は手代を使いにやりました。すると、写楽は筆を持ってすらいませんでした。

「取材に行けなくなりました」

泣きそうな声でそう訴《うった》えます。芝居《しばい》小屋に行くと、自分の絵の悪口が耳に入ってしまいます。それがつらいのだそうです。舞台《ぶたい》に立つ役者をよく観察して描くのが写楽の流儀《りゅうぎ》ですから、取材に行けないのは困《こま》ります。

話を聞いた重三郎は、写楽のもとに駆《か》けつけました。

「悪口を気にしてはいけません。全員に好かれるのは無理です。世に出れば、悪く言う人はいます。でも、応援《おうえん》してくれる人はもっとたくさんいるのですよ。写楽さんの絵を好きになってくれた人のほうを向いて仕事をしましょう」

そう伝えても、写楽はうつむいたままです。

「でも、私は嫌《いや》なんです。気にするなと言われても、気になってしまいます」

「そうですか……」

重三郎は説得《せっとく》の言葉をさがして悩《なや》みました。重三郎も非難《ひなん》の声を多く浴びてきました。今でも、「吉原育ちのくせに生意気に本屋なんかやって」「金に物を言わせて作家をかかえこむなんて下品だ」「金もうけばかり考えている」などと、好き勝手な悪口を言われます。それでも、自分の商売への自信、人を楽しませたい、喜ばせたいという気持ちは揺《ゆ》るぎません。

「この前も、写楽さんの絵をひとそろいくれ、という人がいましたよ。けっこうな売上げになりました。名古屋から買いに来たらしいですよ」

写楽は力なくうなずくだけです。山東京伝《さんとうきょうでん》や大田南畝が相手なら吉原に招《まね》くのですが、写楽は誘《さそ》っても応《おう》じません。吉原を重三郎と歩いていると、写楽とばれそうで怖いと言います。

重三郎はいい案を思いつきました。

「気分転換《てんかん》に、相撲《すもう》を観に行きませんか」

このころ、相撲界では、大童山《だいどうざん》という少年力士《りきし》が話題になっていました。まだ七歳《さい》ながら、おとなの力士と同じく立派《りっぱ》な体格《たいかく》をしていて、相撲はとらないものの、土俵入《どひょうい》りを見せて客をわかせていました。

「あまり外に出たくないのですが」

「まあ、そう言わずに行きましょう」

しぶる写楽の手をとって、重三郎は両国の回向院《えこういん》という寺におもむきました。ここで、相撲がおこなわれているのです。

大勢《おおぜい》の江戸っ子が会場につめかけて、土俵入りを披露《ひろう》する大童山や、取っ組み合う力士たちに声援《せいえん》を送っています。力士たちがぶつかる音が響《ひび》き、汗《あせ》が飛び散ります。観客はこぶしをつきあげて応援します。

大童山はおとなのような肉づきに似合《にあ》わず、幼《おさな》い顔をしていて、何とも言えない愛嬌《あいきょう》がありました。土俵入りの動作もまだ身についておらず、ときおり迷《まよ》う仕草も、またかわいらしいと観客を喜ばせています。

「……相撲絵もいいですね」

写楽がつぶやいたのを、重三郎は聞き逃《のが》しませんでした。

「ぜひお願いします」

相撲の力士も歌舞伎役者と同じように、浮世絵《うきよえ》の素材《そざい》となっていました。横綱《よこづな》の土俵入りや迫力ある取り組みの絵が、おもに勝川派《かつかわは》の絵師たちによって描かれています。

こうして、写楽絵の第三弾には、大童山を描いた相撲絵がくわわりました。この相撲絵の評判《ひょうばん》は上々でしたが、役者絵のほうは写楽らしさが失われており、心がこもっていないのが明らかでした。

刷りあがった絵を見た重三郎はため息をつきました。

「私の目がくもっていたのだろうか。それとも、売り方をまちがえたのか」

違います。写楽は才能にあふれた絵師です。その才能を認めてくれた客はいます。話題になったぶん、批判も大きくなっただけです。描きつづければ、江戸を代表する絵師になれるはずです。

写楽の性格《せいかく》が、芸術家《げいじゅつか》に向いていないのでしょうか。そう思うのは、かわいそうな気がします。

重三郎はどうにも納得《なっとく》がいかず、一年の期限《きげん》いっぱい描いてくれるよう写楽に頼みました。

しかし、写楽の絵は輝きを取り戻《もど》せませんでした。

寛政七年（西暦一七九五年）を迎えると、写楽は言いました。

「今年は忙《いそが》しくなります。私は猿楽《さるがく》の役者に戻りますよ」

これまでの苦悩《くのう》が嘘《うそ》のような、さっぱりした顔でした。

重三郎は頭を下げました。

「申し訳《わけ》ございません。私のせいで、写楽さんを苦しませてしまいました」

写楽は重三郎より深く礼をします。

「いえ、私なんかに機会を与《あた》えてくださってありがとうございます。期待にこたえられなかった私が悪いのです。もう絵は描きません」

「そんなふうに言わないでください。写楽さんの絵が、私は大好きなのです」

重三郎が言うと、写楽は少し寂《さび》しそうに笑いました。

それきり、写楽が重三郎の前に現《あらわ》れることはありませんでした。

重三郎は、才能を見つけることができなかったのでしょうか。

いいえ、そうではありません。

十九世紀《せいき》後半、葛飾北斎《かつしかほくさい》、喜多川歌麿をはじめとする日本の浮世絵は、ヨーロッパで高く評価され、モネやゴッホなどの画家たちに影響《えいきょう》を与えました。

写楽もまた、ドイツ人の研究者によって紹介《しょうかい》されたことをきっかけに、世界的な名声を得《え》ました。写楽がどういう人物であったのか、その情報《じょうほう》が少ないため、正体をめぐる議論《ぎろん》が盛《さか》んにおこなわれてきました。「謎の絵師」であることもまた、作品の魅力《みりょく》を増しています。

二十一世紀の現在《げんざい》では、あちこちで写楽の作品を見ることができます。役者の個性を強調した迫力のある絵は、単なる似顔絵《にがおえ》にはない魅力を持っています。

写楽の才能を見つけ、すべての作品を出版《しゅっぱん》したのは蔦屋重三郎です。重三郎の目の正しさは、時を経《へ》て証明されました。重三郎は、才能を見つける仕事をなしとげていたのです。

5

さて、写楽《しゃらく》を売り出す企画《きかく》は成功しませんでした。しかし、重三郎《じゅうざぶろう》に立ちどまっている暇《ひま》はありません。本を出しつづけなければ、本屋は立ち行かなくなってしまいます。

蔦屋《つたや》には「吉原細見《よしわらさいけん》」、往来物《おうらいもの》など、定期的に利益《りえき》をあげる出版物《しゅっぱんぶつ》があるので、罰金《ばっきん》をとられたり、写楽で失敗したりしても、店はつづけられます。それは、若《わか》いころから先を見越《みこ》して商売をしていた重三郎自身のおかげでした。

煙草《たばこ》入れ屋の主となった山東京伝《さんとうきょうでん》は、幕府《ばくふ》の方針《ほうしん》に合わせた黄表紙を書いていますが、戯作《げさく》の出版点数は減《へ》っています。新しい作品を出しにくいので、蔦屋でも以前の作品を出し直すことが増《ふ》えました。

「これからはうちも、学問に力を入れていこう」

重三郎はそう考えています。そのために、書物問屋の株《かぶ》を買って仲間に入ったのです。

寛政《かんせい》七年（西暦《せいれき》一七九五年）の三月、重三郎は伊勢《いせ》国（今の三重県）の松坂に出張《しゅっちょう》しました。本居宣長《もとおりのりなが》という評判《ひょうばん》の学者に会うためです。本居宣長は国学者として、『古事記』や『源氏物語《げんじものがたり》』などの古典、さらには日本語そのものの研究をおこなっており、多くの弟子を集めています。

宣長の話は難《むずか》しく、重三郎にはよくわかりませんでした。それでも、宣長の著作《ちょさく》を江戸《えど》で売る約束をとりつけます。途中《とちゅう》で立ち寄《よ》った名古屋の本屋との商談も重要でした。

江戸時代の出版の中心は上方でしたが、黄表紙や浮世絵《うきよえ》の流行があって、江戸での本づくりも盛《さか》んになりました。今後は、その他の地方でも、多くの本が出版されるようになるでしょう。

そういう時代に備《そな》えていきたいと、重三郎は思います。

江戸に帰った重三郎は、喜多川歌麿《きたがわうたまろ》に謝《あやま》りに行きました。

「歌麿さん、あんたが正しかったよ」

そう言って頭を下げると、歌麿は満足そうにうなずきました。

「ようやくわかったか。やっぱりおれの力が必要だろう？」

「ええ、必要です。歌麿さんあっての耕書堂《こうしょどう》です」

歌麿が相好を崩《くず》します。

「仕方ない。また描いてやろう」

写楽が歌麿のような性格《せいかく》であったら、大成したでしょうか。重三郎はつい考えてしまいます。

同じように自信家であった曲亭馬琴《きょくていばきん》は、京伝の世話で履物屋《はきものや》に婿入《むこい》りしました。商売には興味《きょうみ》をしめさず、執筆《しっぴつ》にはげんでいます。数を重ねるごとに話の運びがうまくなっており、将来《しょうらい》が楽しみです。

蔦屋には、前年から新しい居候《いそうろう》が入って、仕事をしています。武家《ぶけ》の出身で、筆名を十返舎《じっぺんしゃ》一九《いっく》といい、文も絵もよく書きます。三十一歳《さい》のこの年、すでに三作の黄表紙を蔦屋から出し、ユーモアのある文章で、人気を博しました。彼《かれ》はのちに、『東海道中膝栗毛《とうかいどうちゅうひざくりげ》』を著して、日本一の流行作家となります。

次代の作家を育てようと、重三郎は種を蒔《ま》き、芽に水をやっていました。ところが、翌年《よくとし》の夏、重三郎は病にかかってしまいます。

手足がしびれ、足がふくらんで、うまく歩けなくなりました。身体がだるくて、寝《ね》こむことが多くなります。

これは当時、「江戸わずらい」と言われた脚気《かっけ》という病気でした。原因《げんいん》はビタミンB_1の不足で、白米中心の食生活がつづくとかかります。江戸の民の暮《く》らしがよくなって、白米を多く食べるようになったため、患者《かんじゃ》が増えました。江戸時代から明治大正にかけては、原因がわからなかったせいで、命を落とす人が多くいました。

重三郎も、病気は悪くなるいっぽうでした。歌麿や京伝など、関係する絵師《えし》や作家が見舞《みま》いにきます。大田南畝《おおたなんぽ》もやってきて、仕事の話をはじめました。

「これからは歴史物《れきしもの》が売れるぞ。よかったら書き手を紹介《しょうかい》しよう」

重三郎は布団《ふとん》から身を起こします。

「それはありがたいですね。でも、大田先生が書いてくださってもいいのですよ」

「いや、私は外から文句《もんく》を言っているほうが気楽でいい」

「さすがは大田先生」

重三郎は笑いましたが、力がありません。

「……そうだ。私の葬式《そうしき》のあいさつを考えておいてください。もうそろそろです」

南畝が重三郎をにらみます。

「馬鹿なことを言うな。店はどうする。まだ出したい本があるだろう」

「店は番頭に任《まか》せます。出したい本はたくさんありますが、それより……」

重三郎は涙《なみだ》をこぼしました。

「……写楽さんを成功させてあげられなかったのが心残りです」

「蔦重は意地っ張《ば》りだな」

南畝は苦笑したあとで、告《つ》げました。

「いくら才能《さいのう》があっても、時代が合わない、ということもあろうよ」

「そうですね」

重三郎はうなずきましたが、いまだに納得《なっとく》してはいませんでした。

寝たきりになってしまった重三郎は、枕元《まくらもと》で丁稚《でっち》に本を読んでもらうのを楽しみにしていました。山東京伝の洒落本《しゃれぼん》や黄表紙がお気に入りです。

「やっぱり京伝先生はいいなあ」

何度読んでも、聞いても、味わいがあるのです。その本を出したころの思い出も同時によみがえってきます。

暑くなると、扇子《せんす》であおいでもらいます。愛用の扇子は、北尾重政《きたおしげまさ》が梅乃《うめの》の絵を描いたものです。つくられたのは二十年以上前で、何度か修理《しゅうり》していますが、絵は当時の輝《かがや》きを失っていません。きっと百年後も二百年後も、美しい絵は残るのでしょう。本も同じです。遠い未来に、今を生きる人々の姿《すがた》を伝えてくれるにちがいありません。

「梅乃さんに、京伝先生の本を読んでもらいたかったなあ」

何度そう思ったことでしょう。かすかに胸《むね》が痛《いた》みます。そういう思いがあるからこそ、重三郎は出版をつづけてきたのかもしれません。とにかく、多くの人におもしろい本を、美しい絵を届《とど》けたいのです。吉原をいろどる提灯《ちょうちん》のように、江戸の町を明るく照らしたいのです。

寛政九年（西暦一七九七年）の五月六日、いよいよ病状《びょうじょう》が悪くなりました。とぎれとぎれの意識《いしき》のなかで、重三郎は覚悟《かくご》を決めました。

「今日の昼に、私は死にますよ」

集まってきた店の者と妻《つま》にそう告げます。すすり泣く声が聞こえて、重三郎の目尻《めじり》にも涙が光りました。

悔《く》いはあるけれど、おもしろい人生でした。最後は笑って終わりたいと、重三郎は思いました。

昼になっても、お迎《むか》えはきません。

重三郎は一時、意識を取り戻《もど》しました。枕元で泣いていた者たちが、おどろいて顔を見合わせます。

「おかしいな」

重三郎はつぶやきました。

「人生は終わったはずなのに、まだ幕《まく》が下りない」

それを最期の言葉として、その日のうちに、江戸で一番の本屋は息を引き取ります。

蔦屋重三郎、本と絵に囲《かこ》まれた四十八年の生涯《しょうがい》でした。

あとがき

蔦屋重三郎《つたやじゅうざぶろう》は、たとえば織田信長《おだのぶなが》や坂本龍馬《さかもとりょうま》のような、だれもが知る偉人《いじん》ではありません。一般的《いっぱんてき》には、知名度は高くないでしょう。歴史《れきし》の教科書にもほとんど載《の》っていません。NHKの大河《たいが》ドラマの題材になるまで、その名を聞いたことのなかった人が大半ではないでしょうか。しかし、出版《しゅっぱん》業界では、わりと知られているように思います。

それは、重三郎が日本史上、もっとも有名な編集者《へんしゅうしゃ》だからでしょう。いや、その活躍《かつやく》は編集者という枠《わく》にはとどまりません。本の企画《きかく》、編集、制作《せいさく》、出版、広報《こうほう》、販売《はんばい》と多くの仕事にたずさわり、本屋・出版社の経営《けいえい》をおこなっていたのです。美人画の喜多川歌麿《きたがわうたまろ》や、謎《なぞ》の絵師《えし》・東洲斎写楽《とうしゅうさいしゃらく》を売り出したことや、狂歌《きょうか》の流行に一役買ったことを考えると、プロデューサーという呼《よ》び方もふさわしく思えます。

十八世紀《せいき》の後半、田沼《たぬま》時代から寛政《かんせい》の改革《かいかく》のころ、江戸《えど》の出版業界は非常《ひじょう》に盛《も》りあがっていましたが、その中心、いや、裏《うら》に重三郎がいたのはまちがいありません。

そう、重三郎はあくまで裏方で、主役は作家や絵師です。しかし、これほど存在感《そんざいかん》のある裏方はめずらしいでしょう。蔦屋はブランドになっていて、蔦屋の本を買いたいという読者、蔦屋で本を書きたいという作家は多くいました。重三郎の広告戦略《せんりゃく》、ブランド化の手法は、現代《げんだい》の人にも参考になります。

重三郎は政治《せいじ》と戦った人でもあります。本人には、幕府《ばくふ》と対立するつもりはなかったのでしょうが、見せしめとして重罰《じゅうばつ》を受けました。その後は、幕府が押《お》しつけるルールの範囲《はんい》で、読者を楽しませることを考えていきます。

江戸時代は、町人が政治を変えることはできません。しかしながら、政治方針《ほうしん》の変化が、生活に大きく影響《えいきょう》します。政治の動きに翻弄《ほんろう》されながらも、町人はしたたかに生きていました。

歴史上の人物について知ると、現代に通じる学びがあります。いえ、堅苦《かたくる》しい話はやめましょう。重三郎は人生を楽しんだ人です。その人生をたどるのも、楽しいものだと思います。

本作の愉快《ゆかい》な仲間たちとのやりとりは創作《そうさく》もまじっていますが、作家や絵師たちがそれぞれ個《こ》性的《せいてき》だったことは史料《しりょう》からうかがえます。

また、この物語には重三郎の生きた時代のいいところも――娯楽《ごらく》が発達しているとか――悪いところも――吉原《よしわら》の存在《そんざい》とか――出てきます。江戸時代の生活を思い浮《う》かべてみてはいかがでしょう。

江戸時代、とくに重三郎の生きた時代から幕末にかけては、食の充実《じゅうじつ》ぶりに目をみはります。寿司《すし》に天ぷらにそば、今の和食の代表格《だいひょうかく》が、庶民《しょみん》の味として人気でした。砂糖《さとう》の生産量が増《ふ》えたので、饅頭《まんじゅう》や大福などの菓子《かし》も一般的になっています。当時の町の様子を描いた浮世絵《うきよえ》には、食べ物屋が多く見られます。

歴史というと、政治の流れがまずは注目されますが、たとえば料理の歴史をたどってみるのもおもしろいものです。

寿司や天ぷらがどのように生まれ、発展《はってん》してきたのか。どの食材がいつからあるのか（たとえば、レタスは奈良時代にはありましたが、キャベツは江戸時代に入ってきました。白菜は幕末です。にんじん、たまねぎ、ほうれんそう、トマトなども江戸時代の伝来です）。輸送《ゆそう》や保《ほ》存《ぞん》はどうしていたのか（たとえば、北海道で採《と》れる昆布《こんぶ》がなぜ、沖縄の伝統《でんとう》料理によく使われるのかは、日本史上の重要な問いです）。調味料は（現在《げんざい》のしょうゆがつくられるようになったのは室町時代末期です。みそは平安時代からあります）。調理法は（煮《に》るのは簡単《かんたん》ですが、焼いたり炒《いた》めたりするにはある程度《ていど》火力が必要です）。火を使うなら燃料《ねんりょう》の問題もあります（江戸時代は大量の薪《まき》を使うので、町の近くはハゲ山ばかりでした。これも浮世絵からわかります)。いろいろ考え、調べていくと、歴史やその時代を立体的にとらえることができるでしょう。

こういう話をすると長くなってしまうので、まとめましょう。

この本を通じて、出版や歴史に興味《きょうみ》をもってもらえると幸いです。そしてもうひとつ、江戸時代から現代まで、残っているものと残らなかったもの、変わったものと変わらないものについて、考えてみるとおもしろいのではないかと思います。

小前　亮

小前 亮《こまえりょう》

1976年、島根県生まれ。東京大学大学院修了。専攻は中央アジア・イスラーム史。2005年に歴史小説『李世民』(講談社)でデビュー。その他の著作に『賢帝と逆臣と 小説・三藩の乱』『ヌルハチ 朔北の将星』(講談社)、「フィリムの翼」〈上〉〈下〉(静山社)、「平家物語」〈上〉〈下〉、「真田十勇士」シリーズ、「西郷隆盛」〈上〉〈下〉、『星の旅人』、『渋沢栄一伝』、「新選組戦記」シリーズ、「服部半蔵　家康を天下人にした男」〈上〉〈下〉(小峰書店)などがある。

江戸を照らせ 蔦屋重三郎の挑戦

2024年11月28日　第1刷発行

作者／小前亮
画家／中島花野
発行者／小峰広一郎
発行所／株式会社小峰書店
〒162-0066 東京都新宿区市谷台町4-15
電話　03-3357-3521
FAX　03-3357-1027
https://www.komineshoten.co.jp/
印刷／株式会社 三秀舎
製本／株式会社 松岳社

NDC913・253P・20cm・ISBN978-4-338-08178-8